KB170434

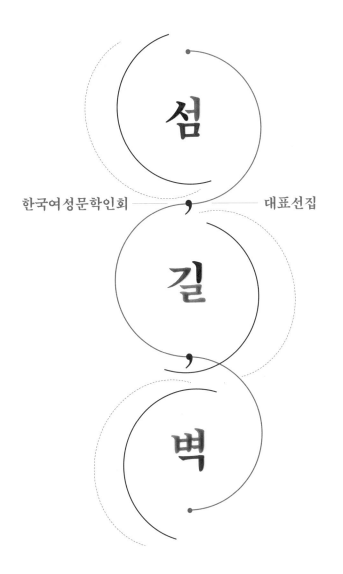

섬

한국여성문학인회 ——————— 대표선집

길

,

벽

韓國女性文學

섬, 길, 벽 ————

초판 발행 2021년 11월 29일
지은이 한국여성문학인회
펴낸이 안창현 **펴낸곳** 코드미디어
북 디자인 Micky Ahn **교정 교열** 민혜정

등록 2001년 3월 7일
등록번호 제 25100-2001-5호
주소 서울시 은평구 갈현로 318-1 1층
전화 02-6326-1402 **팩스** 02-388-1302
전자우편 codmedia@codmedia.com

ISBN 979-11-89690-59-5 03810

정가 15,000원

섬 , 길 , 벽

느닷없는 공포의 늪 속에서

2021년 다사다난했던 한 해도 저물고 있습니다. 2020년 초입부터 느닷없이 찾아온 코로나19 바이러스 침투는 대한민국을 비롯한 전 세계적인 확산으로 생존을 위협하는 공포의 늪에 빠져들게 했습니다. 일상의 기쁨이었던 이웃과의 교류도 정지되고 하물며 계절이 전하는 아름다운 자연의 유희도 느낄 수 없는 폐쇄된 공간의 수형인受刑人이었습니다. 잃어버린 봄과 잃어버린 여름, 가을과 겨울의 일상도 자유로울 수 없다는 사실을 우리 모두는 체험했다 생각합니다. 사람 텅 빈 영업장에서 생존의 가파른 호흡을 하루하루 견디고 있던 식당 주인의 주름살이 겹겹으로 쌓여 아파하던 순간들이었습니다.

아프고 슬픈 이 비통한 시절을 위로하기 위해 묵묵히 펜을 들고 코로나 바이러스와 싸우신 여성문학인회 회원분들도 많을 줄 압니다. 2021년 한 해를 접는 후미에 서서 한국여성문학인회는 섬, 길, 벽을 주제로 시와 수필문학으로 2021년을 결산하고 있습니다. 감동 어린 작품으로 동참해 주신 회원 여러분들께 감사드립니다. 특히 한국여성문학의 폄하와 혐오로 일관했던 시절에서부터 오늘의 여성문학과 내일을 전망해 주신 허영자 선생님, 서정자 선생님, 박수빈 선생님 세 분의 노고에 감사드립니다. 한국

여성문학인회는 눈부시게 진화하는 시대의 변화 속에서 권익을 옹호하고 자존을 잃지 않는 여성문학 역사를 이어 갈 것이라 기대합니다.

감나무는 가지마다 잎을 앙상히 떨어뜨리고 주홍빛 등불을 환히 밝히고 있습니다. 저들도 혼신을 다해 한 해의 결실을 수확한 모양입니다. 삶은 매 순간 새로운 발걸음으로 각자의 수고에 합당한 일상을 만들어 간다고 합니다. 창밖 가로수 플라타너스 가지는 어른 손바닥보다 큰 잎들을 내던지듯 떨어뜨리고 있습니다. 보도 위에 떨어져 뒹굴고 있는 잎들이 대견합니다. 평생 최선의 노력으로 삶이라는 준엄한 임무를 대한 어느 고명하신 분의 빈 손바닥 같습니다. 바람이 한결 춥습니다. 원고를 보내주신 회원 여러분께 깊은 감사를 드립니다.

(사)한국여성문학인회 이사장 │ 지연희

Contents

길 |2|

225

벽 |3|

250

275

296

인류사에서 우리 여성 문학의 풍토는 처음부터 편안하고 안온한 자리가 아니었다. 찬 바람이 불고 승냥이가 울부짖는 황야이거나 가시가 촘촘한 가시밭에 비유할 수 있는 척박한 땅에 뿌리를 내린 여성 문학이었다. 하기에 여성 문인은 투사가 되거나 아니면 상처투성이의 희생양이 되지 않을 수 없는 운명이었다. 그 모진 운명을 극복하고 태어난 것이 여성 문학이라고 하겠다.

　　　　　– 허영자, 「한국 여성문학의 흐름」 중에서

一
〇
一

특별
기고

한국여성문학, 어제와 오늘,
그리고 내일을 위한 담론

한국 여성문학의 흐름

허영자

높다란 나뭇가지에 달려 있어

과일 따는 이 잊고 간

아니 잊은 것은 아니련만

손이 닿지 않아 남겨놓은

새빨간 능금처럼.

　위의 시는 기록으로 남겨진 최초의 여성 서정시인으로 알려져 있는 사포Sappho 의 작품 「능금」이다. 사포는 기원전 6세기 그리스Greece 레스보스Lesbos섬의 귀족 집안에서 태어났다. 아름다운 용모와 재능을 타고난 그녀는 시인이며 작곡가였고 소녀들에게 시와 노래와 춤, 삶 전반에 걸친 교양을 가르치는 교육자였다.

　당시 그리스 사회는 남성 중심의 사회로 여성은 단지 아이를 얻기 위한 존재로만 취급되는 상황에서 사회 활동을 할 수 있는 입지를 얻지 못하였다. 그리고 호메로스Homeros로 대표되는 서사시가 대세를 이루는 풍토였다. 그럼에도 불구하고 개인의 원초적 감정, 열정과 사랑 우정 질투 등을 주제로 하여 세속적인 시어와 사투리를 구사하여 간결하고 솔직한 표현을 한 사포의 서정시는 많은 독자의 호응을 얻었다고 한다.

　공리적 예술관을 가지고 그의 유토피아Utopia에서 시인을 추방한 플라톤Platon 조차도 신화 속의 아홉 명 뮤즈Muse 외에 열 번째의 뮤즈로 사포를 꼽으며 칭송해 마지않았다고 하니 그녀의 재능이 그만큼 뛰어나고 그 작품 또한 뛰어난 것임을 알 수 있다. 많은 독자의 사랑을 받고 주화와 도자기에도 그녀의 모습을 새겼으며 또 많은 화가가 뷔너스Venus의 이미지로 사포를 그리기도 하였다.

그러함에도 불구하고 중세 시대에 이르러 사포의 작품들은 외설적이라는 아름답지 못한 누명을 쓰고 금기의 글이 되었으며 수많은 작품이 소실되고 말았다. 그녀와 미남 파온Phaon과의 사랑 같은 전설적 이야기도 있지만 동성애자로 몰아붙여 그녀가 태어난 고장 레스보스에 유래하는 "레즈비언Lesbian"이라는 말이 생기기도 하였다니 어떤 한 시대와 사회의 편견이 저지르는 잘못의 폐해가 얼마나 큰 것인가를 알고도 남음이 있다. 남성이 우위에 서는 불균등한 시대의 사회에서 여성 문인의 위상은 그만큼 폄하되고 오해를 불러왔던 것이다.

그러나 사포의 시 「능금」을 읽어 보자. 몇 줄에 불과한 짧은 시 속에서도 그녀의 당당함과 자존의식이 잘 드러나고 있다. 나무 꼭대기에 남아있는 능금은 "과일 따는 이가 잊고 간" 것이 아니라 "손이 닿지 않아" 남겨진 것이라는 반전이 의미하는 빛나는 자긍심은 실로 통쾌하고도 놀랍다. 자신의 상처를 자신의 혀로 핥아 스스로 치유하는 짐승을 보듯 눈물겨운 승리의 환호이다.

이처럼 인류사에서 우리 여성 문학의 풍토는 처음부터 편안하고 안온한 자리가 아니었다. 찬 바람이 불고 승냥이가 울부짖는 황야이거나 가시가 촘촘한 가시밭에 비유할 수 있는 척박한 땅에 뿌리를 내린 여성 문학이었다. 하기에 여성문인은 투사가 되거나 아니면 상처투성이의 희생양이 되지 않을 수 없는 운명이었다. 그 모진 운명을 극복하고 태어난 것이 여성 문학이라고 하겠다.

알고 있는 바와 같이 중국 진晉나라 사람 최표崔豹의 저서인 『고금주古今注』에 배경설화와 함께 실려있는 「공무도하가公無渡河歌」, 일명 「공후인箜篌引」은 고조선 시대의 시가로 알려져 있는 우리나라 최고最古의 서정시이다. 이 역시 저자와 널리 퍼뜨린 이가 백수광부의 아내와 여옥麗玉이라는 여성들이다. 순정한 사랑의 시는 절절한 배경설화와 함께 중국에까지 알려졌던 것이다.

公無渡河 저 임아 물을 건너지 마오
公更渡河 임은 그예 물을 건너셨네

墮河而死 물에 쓸려 돌아가시니
當奈公何 가신 임을 어이 할꼬

(정병욱 역)

이렇듯 우리나라 여성 문학의 역사는 그 연원이 오래며 그 흐름은 실로 유장하다 하겠다. 신라 향가 14수 속 희명希明의 「도천수관음가禱千手觀音歌」가 담고 있는 뜨거운 모정이라든지 고려 속요 속 화자들이 내보이는 정한의 서정, 그리고 조선조의 허난설헌許蘭雪軒, 신사임당申師任堂, 황진이黃眞伊를 비롯한 기녀들의 뛰어난 작품들, 내방가사나 민요들이 품고 있는 여성성의 간절한 호소 등은 오늘의 우리 가슴에도 공감과 감동을 불러 일으키는 가편들일 뿐만 아니라 우리 문학사의 백미로 명명됨에 이의가 있을 수 없을 만큼 뛰어나다. 고대소설이 대부분 무명씨의 작품인 것도 어쩌면 여성 작가와 관련이 있을 것이라는 추측이 가능한 것도 수긍이 간다.

하지만 남성 위주의 시대와 사회에서는 이들 여성 문인의 자리는 협소하였고 여성 문학이란 어디까지나 주류를 벗어난 주변 문학으로 간주될 수밖에 없었다. 특히 남존여비의 사상이 지배적이었던 조선조에서는 여덟 살 나이에 「광한전백옥루상량문廣寒殿白玉樓上樑文」을 써서 그 천재성으로 세상을 놀라게 하였던 허난설헌 같은 이가 질곡의 삶 속에서 수많은 작품을 불사르고 스물일곱 살에 요절하기도 하였던 것이다. 알려져 있는 그녀의 세 가지 한탄 첫째는 조선에서 태어난 것, 둘째는 여자로 태어난 것, 셋째는 방탕한 김성립의 아내로서 금실이 좋지 못한 것이었다고 하니 남다르게 총명하고 예민한 감성을 지녔던 한 천재 여성 예술가의 고통이 얼마나 큰 것이었던가를 짐작하고도 남음이 있다.

황진이만 하여도 그녀의 신분이 기녀였기에 역설적이게도 남성과 대등한 자리에 앉아 담론하며 시를 지을 수 있었다. 한편 그녀는 자신의 신분이나 처지를 비관하지 않고 오히려 그것을 이용하여 남성을 농락하기까지 하였다. 적극적이고도 저항적인 면모를 보인 여성 문학인이었다고 할 수 있는데 그것이 당시로서는 백정, 장인 승려 등과 같은 가장 친한 신분인 기녀였기에 가능하였던 것이라니 남성 위주 사회의 모순의 극치를 보여주는 한 사례가 아닌가 한다.

> 동짓달 기나긴 밤을 한 허리를 버혀내어
> 춘풍 이불 아래 서리서리 넣었다가
> 어론님 오신 날 밤이여든 굽이굽이 펴리라

한국의 시조 문학에 있어 최고의 작품이라 할 수 있는 이 작품 하나만 두고 보더라도 숨김없는 정서의 표출, 섬세한 표현 기교 등에서 규범의 틀에 갇힌 사대부들의 시조와는 확연히 구별되는 관능적이고도 분방한 세계를 펼쳐 보인다. 오늘에 보면 실로 높은 경지의 이런 작품이 남성들의 도락을 위한 향유물로서의 기능에 머물렀다는 것은 그만큼 여성, 그리고 여성 문인과 여성 문학에 대한 하시의 평가요 시선이었다는 것을 알 수 있다.

여성 문인과 여성 문학에 대한 폄하와 혐오는 우리 역사의 개화기인 근대에도 여전하였다. 아니 여전하였다기보다 오히려 더 심화되고 내밀화되었다고 할 수 있다. 왜냐하면 이때는 여성들의 의식도 깨어나기 시작하고 교육을 받을 수 있었기에 신여성의 선봉장이 된 여성 문인들은 바로 남성들의 공격 대상이 되었다.

문학작품에 대한 평가보다 파격적인 삶에 초점을 맞춘 잔인한 평가가 여성 문인들을 나락으로 떨어뜨렸다. 탄실 김명순彈實 金明淳, 일엽 김원주一葉 金元周, 정월 나혜석晶月 羅蕙錫이 그 대표적 예가 되겠다. 이 중에 근대 최초의 여성 문인이며 동인지 『창조』의 여성 동인이었던 탄실 김명순의 경우만 들어 보아도 당시 남성들, 남성 문인들의 횡포가 얼마나 심했는지를 알 수 있다. 서녀로서 적서의 차별을 넘어 일본에 유학하는 등 고등교육을 받고 『청춘』지에 작품 「의심의 소녀」를 발표, 춘원의 찬사 속에 등단하여 25편의 소설, 111편의 시, 20편의 수필 외 희곡과 평론, 보들레르와 에드거 앨런 포의 번역 등 왕성한 작품 활동을 한 그녀의 문학적 업적은 접어두고 피해자인 그녀를 일방적으로 매도하는 폭거를 서슴지 않은 것이 당시의 지식인 남성과 가해자인 남성 문인들의 작태였다. 질량적으로 당시의 어느 남성 문인에도 뒤지지 않는 작품에 대한 평가는 오히려 악의적이었으며 김명순을 모델로 한 「김연실전」 같은 작품으로 2차 가해를 서슴지 않았다.

소설가, 시인, 희곡작가, 평론가 외 능숙한 외국어 구사로 번역까지 할 수 있었던 김명순의 역량은 물거품처럼 거두어지고 오직 그녀의 불행한 생애사만을 조명하여 매도하였다. 이것은 김원주나 나혜석의 경우도 마찬가지였지만 김원주는 불교에 귀의하여 비구니가 됨으로써 다소 화를 면할 수 있었고 김명순과 나혜석은 그 말년과 죽음이 비참하기 짝이 없었다. 저들의 저항은 희화화되어 희롱 되고 문학을 한 것이 아니라 오독, 오해한 문학처럼 살고 간, 실패한 1920년대 여성 문학인들로 치부되고 말았다. 이러한 평가와 기록이 수정되지 못하고 남성들이 쓴 문학사에 버젓이 올라 정당성을 과시하고 있는 것이 한국문학과 문단의 현실인 것이다.

현대 한국의 여성 문학은 이런 인습의 굴레와 핍박의 비극성을 유전 받은 척박한 풍토에서 창작 주체로서의 존재성을 모색하며 오직 훌륭한 작품으로 도전하겠다는 여전사들의 그것이었다. 열심히 공부하고 열심히 써서 작품으로 승부를 보겠다는 말없는 결의와 남성 문학의 둘러리 역할과 치장성을 벗어나려는 의지는 많은 소설가, 시인, 수필가, 극작가, 평론가들의 등장과 우수한 작품 창작으로 드러났다. 일제 압박과 전란이라는 비극적 상황 속에서도 여성 문학인들은 그 천부의 유연성과 섬세한 감성으로 남성이 손댈 수 없는 영역에서 남성을 능가하는 역량을 드러내기도 하였다.

그러나 남성 중심의 사회, 남성 중심의 문화, 남성 중심의 문학과 문단에서의 인습의 굴레는 쉽게 벗겨지지 않았다.

다른 분야에서도 마찬가지였겠지만 우선 명칭부터가 '여류문학'이요 '여류 문인'이었다. 이는 1930년대 일본에서 쓰던 용어를 그대로 가져온 것이라는데 여성의 정체성보다는 단지 성의 변별성을 나타내는 의미가 크다. 그러면서도 '남류 문학'이라는 명칭은 없었으니 여전히 문학과 문단의 주체는 남성이라는 묵시가 견고하게 자리하는 것이다. 그리고 아무리 우수한 문학작품이라 하여도 "여류 문인 중에는"이라던지 "여류 문인답지 않게" 따위의 수식어를 붙여 남성 문학 우위의 시각을 별 의식 없이 남발하곤 하였다. 일찍이 소설가 박화성은 여성 작가와 작품을 여류로 분류하는 것에 동의하지 않고 이의를 제기한 바가 있었다고 한다. 그러나 고착된 개념과 습관의 답습은 쉽게 깨뜨려지지 않았고 1930년 전후에 사용되기 시작한 '여류문학' '여류 문인'이 '여성 문학' '여성 문인'으로 명칭이 바뀐 것은 1990년을 전후해서 페미니즘Feminism 문학이 등장하면서부터이니 반세기의 시간을 넘어서야 비로소 여성 문인과 여성 문학의 정체성이 어느 정도 확립된 것이라 보겠다.

그러나 오늘날의 문단 현황은 남녀의 성 구별을 초월하여 작품의 우위성이 더 큰 관건이 되고 있다. 많은 여성 문인들이 훌륭한 작품을 발표하고 있기 때문에 이제 남녀의 구별을 운운하는 것은 시대착오적인 사고이며 발화인 것이다.

1965년에 창립된 한국여성문학인회는 2021년 올해로 56년의 연륜을 헤아리게 되었다. 박화성 초대회장을 추대하여 결성된 창립 당시의 명칭은 '한국여류문학인회'였고 '한국여성문학인회'로 개명된 것은 1992년도였다. 우정과 친목의 도모에 목적을 두었던 초창기의 모임은 최정희 모윤숙 임옥인 손소희 전숙희 조경희 한무숙 강신재 홍윤숙 김남조… 회장 등을 거치면서 이제는 사단법인으로 승격되어 활발하게 활동을 하고 있다. 많은 역량있는 여성 문인들이 회원으로 적을 두고 있으며 작품 제작에 매진하고 있다.

이제 한국의 여성 문학은 더 이상 변두리 문학이 아니며 남성 문학에 예속된 문학도 아니다. 여성성이라는 개성이 담긴 문학, 사물의 본질을 꿰뚫는 예리한 감성과 직관이 포착하는 세계에 천착하는 문학이다. 상처를 입었기에 치유의 기쁨을 알고 억압을 받았기에 자유의 소중함을 깨달은 각성의 문학이 여성 문학이다. 성의 이질성을 무화하거나 동질성을 강조하는 것이 아니라 동격성을 회복한 성숙한 문학이요 문인이다. 그것은 불타버린 재 속에서 찾아낸 사리舍利라 하여 결코 과장이나 과언이 아닐 줄 안다.

오늘도 영혼의 진수로 쌓아 올리는 여성 문학의 탑 속 사리는 영롱히 빛난다. 앞으로 포스트 페미니즘의 지평을 열어가는 미래의 우리 여성 문학은 더욱 탄탄한 내공을 쌓으면서 큰 국량을 과시해 가리라 믿는다.

허영자 | 성신여대 명예교수. 『현대문학』으로 등단(1962). 저서 : 시집 『얼음과 불꽃』 『투명에 대하여 외』 등. 수상 : 목월문학상 등.

별들의 고향…에 답이 있다

-56년 한국여성문학인회의 위상과 내일의 좌표

서정자

한국여성문학인회의 정체성

청탁서의 제목은 평이하면서도 과감하고 도전적이다. 그리고 한국여성문학인회의 내일을 위해 한 번쯤 생각해 보아야 할 문제를 정확하게 짚고 있다. 문득 페미니즘이 시대적 주제가 되어있는 이 시기에 대규모 여성 문인단체 4백여 명의 회원들은 이에 어떤 생각을 하고 있을까 하는 생각이 스쳤다. 56년의 역사를 자랑하는 한국여성문학인회(이하 여성문학인회로 약칭)는 그 회원 규모나 56년이라는 짧지 않은 역사를 가진 점에서 무시할 수 없는 중요한 단체다. 그럼에도 사회의 변화나 어떤 흐름에 비교적 반응을 보이지 않아 왔던 것으로 기억된다. 만일 그렇다면 그 이유는 무엇일까? 그리고 그러한 자세는 바람직한가. 오래되고 규모가 큰 단체는 몸 가볍게 어떤 의제에 대응하기 쉽지 않다는 문제가 있을 것이다. 여성문학인회 편집부에서 56년의 역사를 지닌 한국여성문학인회의 위상을 짚어보고 내일의 좌표를 그려보겠다는 이번 시도는 여성문인회의 지금까지의 관행에 비춰볼 때 상당히 대담하고 새로운 기획이다.

우선 여성문학인회의 정체성에 대해서 점검해 보자. 여성문학인회의 위상을 살펴보려면 정체성부터 분명히 할 필요가 있다. 여성문학인회 정관에는 "본회는 여성문학인의 권리를 옹호하고 지위를 향상시키며 여성 문학의 계승발전과 활성화에 기여함을 목적으로 한다."라고 되어있다. 권리 옹호, 향상시키다, 기여하다, 세 키워드를 놓고 볼 때 여성문인회는 여성 문인의 필요에 의해서 존재하고 있는 단체다. 1965년 9월 창립한 여류문학인회의 기관지『여류문학』창간호를 보면 편집후기에서 "우리가 모여 무엇을 할 것인가? 아니, 할 수 있을 것인가? 그것은 처음 많은 미지수를 내포한 문제였다."고 모임의 정체성을 고민한 흔적이 보인다. 또 창간사에는 다음과 같이 쓰고 있다. "예술에 문학에 성의 구별을 고집할 것은 없다. 하지만 우리들의 친목 단체로 출발한 여류문학인회가 하나의 조직체를 이룬 이래… 순수한 개인적인 작업에 속하는 창작생활을 하는 우리들에게도, 아니 그럼으로써 더욱 대화의 광장이 필요했던 것이다."라고 했다. 여성문학인회는 '친목 단체'로 출발했으나 실은 여성 문인들은 모임의 결성이 필연적이라고 인식했으며 그것은 여성이기 때문이고 대화의 광장이 필요해서라고 했다. 여성 문인들은 여성으로서 받은 차별과 불평등을 뼈저리게 느껴 여성의 목소리를 한데 모을 필요를 느낀 것이다. 여성 문인의 권리옹호도 필요했지만 문인으로서 지도적 역할도 감당하고자 곧 시작한 것이 주부백일장 행사였다.

창립 당시인 1965년으로부터 56년이 지나면서 시대는 정보화 국제화 여성화 산업화를 거쳐 IT시대로 접어든 지 오래다. 거기 발맞추어 친목 단체 여성문학인회는 어떻게 변해왔을까? 우선 여성문학인회의 회원 수는 줄지 않았다. 줄지 않은 정도가 아니라 처음 1백 명에서 네 곱으로 숫자가 늘어났다(회원 주소록을 참고한 숫자). 이는 여성 문인의 숫자가 크게 늘어났고 그중 여성문학인회에 입회한 사람이 이만큼 늘어난 탓이다.

창간사에서 보듯이 창작활동이란 개인적이요, 외로운 싸움이다. 사회에서 활동하는 남성 문인들이 온갖 네트워크와 쉽게 접속할 수 있는 반면, 가정에 머무는 여성들의 경우 새로운 문화에 적응해가기는 제반 여건이 불리하다. 이를 증명하듯, 나이가 많은 회원들은 인터넷이나 메일을 잘 이용하지 않으며 우편 이용을 고수하는 회원도 있다. IT 시대 인터넷 이용은 피할 수 없고 여기저기 네트워크에 접속하는 것 역시 필수라 눈부신 시대의 변화를 좇아 가는 데도 대화의 광장 여성문학인회는 도움이 될 수 있다. 한 사람의 전문가로서 여성 문인이 밀실을 나와 대화의 광장으로 나아가고자 여성문학인회를 창립했다면 여성문학인회의 위상은 초기에 비하여 어떻게 달라졌을까?

별들의 고향…을 알아야 한다

『한국 여성문학인회 50년사』의 회원들의 글을 읽어 보면 하나같이 구슬을 꿴 듯 고른 문장이요, 내용이다. 과연 전문 문인이라는 느낌을 확실히 준다. 여기에 글을 쓴 이들은 등단 30년 여성문학인회 입회 20년 이상의 베테랑들이다. 이 『여성문학인회 50년사』에 실린 회원들의 입회 소감은 한결같이 별을 우러르는 감동으로 일관하다시피 되어있다. 기라성(훌륭한 사람들이 죽 늘어선 것을 비유比喩·譬喩하는 말. 밤하늘에 반짝이는 수많은 별이라는 뜻의 일본日本 한자漢字 조어. 일본어에서 유래하였다 하여 쓰기를 권하지 않는다.) 같은 선배들이 계시는 모임에 입회하는 것만으로도 문인 된 자긍심을 갖게 된다고 했다. 별이란 어떤 의미일까. 문인으로서 성공한 선배라는 뜻인가, 유명하다는 뜻인가, 그 문학을 진실로 공감하고 흠모하여 별이라고 지칭하는가. 박화성 최정희 모윤숙 임옥인 손소희 전숙희 조경희 한무숙 강신재 홍윤숙 김남조 이영희 구혜영 송원희 박현숙 추은희 김후란 정연희 한말숙 허영자 김지향 김지연 이옥희 회장 시대를 거쳐 한분순 최금녀 김선주 심상옥 지연희 이사장들도 별이지만 그 외 소설가 시인 수필가 희곡작가 시조시인 평론가 등 진정 별들이 모인 곳이 여성문학인회다. 한 분 한 분이 우리 문학사에 길이 남을 문학을 낳은 주인공들이지만 문학사에서 여성 문인들을 어떻게 평가하고 있는가는 별개로 회원들이 각각 선후배들의 문학을 얼마나 잘 알고 있을까 궁금하기도 하다. 사실 특별한 노력이 없이는 작가 한 사람의 문학세계를 제대로 알기 어렵다.

별처럼 우러르는 선배 문인들의 문학은 일제 식민지 시대로부터 파란만장한 우리 근현대의 현실과 씨름하면서 이룩한 세계다. 친목이라는 이름으로 한자리에 모시기도 사실 송구한 일이다. 그런데 그분들이 나서서 여성문학인회를 만들었다는 것은 가볍게 지나칠 일이 아니다. 근대사의 수많은 질곡만이 아니라 여성이면 겪기 마련인 봉건시대의 인습으로 우리 여성들은 얼마나 많은 시련과 고초를 겪어왔던가. 남성과 비교할 수 없는 불리한 여건 속에서 어떻게 작가로 설 수 있었으며 그 작품에서 우리가 읽을 수 있는 것은 무엇인지 우리는 관심을 좀 더 가져야 하는지 모른다.

추은희 회장 시절부터 작고 문인 재조명 행사가 시작되어 19회까지 지속한 것은 그런 점에서 무척 바람직한 기획이었다. 문학사에서 소외되어온 여성 문인들의 작품세계를 학자와 평론가를 초청해 발표 토론하게 함으로써 우리가 몰랐던 작가와 작품에 깊이 다가갈 수 있게 한 것은 회원들의 자질 향상만이 아니라 여성문인회의 위상과 존재가치를 확립하는 데 더할 나위 없이 도움이 되는 일이다. 그러나 여성 문학을 주 연구 분야로 삼아온 나의 경험에 의하면 일과성의 행사에서 작가와 작품 세계를 제대로 알 수는 없는 일이다. 박화성연구회를 만들고 15년째 학술 회의를 지속해 오는 나의 경우 한 작가를 집중적으로 그리고 지속적으로 연구하는 일이 얼마나 중요한지 이제 겨우 실감한다고 말할 수 있다. 문학 전집을 만들었으나 박화성의 문학을 안다고 결코 말할 수 없다.

여성문학인회를 창립한 대선배 문인들은 『여류문학』 창간호에 좌담회 「여류문학 50년을 회고한다」를 실었다. 창립 당시의 선배들의 시각은 '여류문학인회'에 국한되어있었던 것이 아니라 '여류 문학'에 방점이 찍혀있었다. 여성문학인회의 내일은 바로 여기에서 가능성을 찾아볼 수 있다고 본다. 당시의 여류 문학 50년은 김명순 나혜석 김일엽의 문학에서부터 헤아린 것이다. 시각을 여성 문학 또는 페미니즘 문학으로 넓혀 박화성 최정희 모윤숙 임옥인 손소희… 선생들의 문학과 페미니즘 사상을 밝히고 계승해 가는 데에 여성문학인회의 미래가 있다. 니체는 각 집단의 가치가 구성원을 지배하는 힘이라고 했다. 여성문학인회의 가치는 선배 여성 문인들의 문학과 사상 속에 담겨있다. 여류라는 단어를 그렇게 배격하던 박화성 선생이 여류문인회 창립에 나서고 초대회장에 선임되어 여성 문인의 사회적 지위를 고발하는 연설을 마다하지 않으신 것을 이미 낡은 이야기라고 덮어서는 안 된다. 왜냐하면 여성의 환경이 그때보다는 나아졌다 하더라도 여권은 아직도 남녀평등에 이르기 요원하기 때문이다. 80년대에 한완상 교수가 여성해방이 이루어지려면 앞으로 4백 년은 걸릴 것이라 하더니 참으로 변하기 어려운 것이 가부장 의식이다. 미투운동을 보라. 일본 군 위안부에 대처하는 일본을 보라.

성희롱 성폭력을 인생을 걸고 고백했으나 그 사건이 어떻게 흘러가던가. 이 가부장 의식은 남성만이 아니라 여성에게도 뿌리 깊이 박혀 있다. 우리 자신에게서부터 의식하지 못하는 중에 내부검열을 거쳐 미리 순종하고 마는 가부장 의식과 싸우지 않으면 안 된다.

집단의 가치는 구성원을 지배하는 힘

나는 80년대에 우리 근대문학이 그 출발부터 페미니즘에서 시작된 것을 지적했었다. 이광수를 비롯해서 김동인 현진건 전영택 염상섭 등 한국 근대문학 제일 장은 봉건 유습에 희생되는 여성이나 신여성의 자유연애 등 여성 문제 소설 곧 페미니즘 소설로 그 막을 올렸다. 그럼에도 불구하고 우리 근현대문학사는 페미니즘사상에 대하여 일언반구 언급 없이 시작하고 있으며, 20년대에 쓴 첫 작품부터 식민지 현실을 고발하는 소설을 썼음에도 박화성의 문학이 가진 문학사적 의의는 30년대 프로문학을 기다려 언급을 하고 있다. 그나마 주류에서 언급한 것이 다행이고, 백철의 『신문학사조사』에서만이지만 언급해준 것이 감지덕지한 형편이다. 30년대 여성 문학은 역시 백철의 『신문학사조사』 한 항목에서 작가 이름과 그 경향을 잠깐 언급했을 뿐 다른 문학사에서는 단 한 사람의 여성 작가도 언급하지 않는 기이함을 연출하고 있는 것이 우리나라 남성 중심의 문학사 기술 방식이다. 80년대 당시까지 우리 여성들은 이 사실을 알지 못하고 있었던 것 같다. 여성작가와 문학연구를 위해 찾아보니 여성 작가 연구는 너무나도 되어있지 않아서 그때부터 지금까지 나는 여성 작가 자료를 찾는 것이 무엇보다도 중요한 일이 되었다. 그러므로, 작가 한 사람 연구를 하다 보면 수십 년의 세월이 걸리기 일쑤다. 이번 학술회의에서 발표한 내 논문은 그래서 40년이 걸렸다고 말해도 무방할 것이다. 그동안 계속 살피는 작업이 없었다면 이번에 발표한 박화성의 유이민 소설 연구논문은 나올 수 없었을 것이기 때문이다.

각 집단의 가치는 구성원을 지배하는 힘이라고 했다. 여성문학인회의 가치는 선배 문인의 문학 속에 있다. 그리고 한국여성문학인회의 역사가 중요한 것이 아니라 한국여성 문학사가 중요하다. 친목단체 한국여성문학인회는 한국여성문학사가 관심의 핵이 되어야 한다. 한국여성문학인회의 별들은 여성 문학사의 별이시기에 빛났던 것이고, 여성 문학사 안에서 논해야 별들은 빛이 난다. 회원들은 별들을 우러러 바라보기만 하기보다 여성 문학사에서 별들이 빛나게 해야 한다. 그리고 젊은 여성 문인들을 새 별로 맞아들여야 한다. 문학사적 시각이라면 가능한 일이다. 『여성문학인회 50년사』를 보면 회장이 중심이 되어 벌인 행사 중심으로 50년 역사를 정리했다. 그중 중요한 행사가 주부백일장이요, 문학기행이요, 산업시찰이나 군부대 위문, 송년회 등이었다. 해외 여성 작가들과의 교류와 일본군 위안부 할머니 나눔의 집 방문도 있지만 일회성 행사로 그쳤다. 초창기에는 회지 발간도 했었으나 2회 발간으로 종간이 되었고 연간집 발간과 소식지 발간이 여성문학인회의 주된 사업이다. 모임의 규모나 소속 문인들의 수준으로 볼 때 재정 문제 때문이겠지만 빈약한 편이다. 여성 문학사를 중심한 활동을 지속적으로 한다면 한국여성문학인회의 내일은 실로 밝으리라 생각한다.

서정자 | 초당대 명예교수, 부총장역임, 숙명여대 대학원 문학박사, 문학평론가, 수필가. 『현대문학』 『소설과 사상』 『문학정신』 등에 평론 발표로 등단(1988). 저서: 『한국근대여성소설연구』 『한국여성소설과 비평』 『우리문학 속 타자의 복원과 젠더』 『나혜석문학연구』 등, 편저 『한국여성소설선 1』 『정월 라혜석전집』 『개정 증보 나혜석전집』 『지하련전집』 『박화성의 북국의 여명』 『박화성문학전집』 『김명순문학전집』 수필집 『여성을 중심에 놓고 보다』.

섬, 길, 벽

'한국여성문학인회'의
위상과 내일의 방향

박수빈

사단법인 '한국여성문학인회'는 1965년에 여성문학인들의 교류를 통한 한국 문학 발전을 도모하기 위해 창립하였다. 박화성 초대회장을 시작으로 최정희, 모윤숙, 임옥인, 손소희, 전숙희, 조경희, 한무숙, 강신재, 홍윤숙, 김남조, 이영희, 구혜영, 송원희, 박현숙, 추은희, 김후란, 정연희, 한말숙, 허영자, 김지향, 김지연, 이옥희, 한분순, 최금녀, 김선주, 심상옥, 2021년 제28대 지연희 회장에 이르고 있다. 이렇게 존함만 들어도 누구나 아는 문인들이 단체의 장을 맡아왔다.

'전국주부백일장'을 최초로 개최한 것은 한국문단사에 알려진 일이며 많은 여성 문인들을 배출하였다. 남존여비의 시대에 여권을 자각하고 글을 쓰며 여성문학인들의 울타리 역할을 했다. 당시 박정희 대통령 영부인 육영수 여사는 당선자들을 청와대로 초청하며 후원하였다고 한다. 문학 공개강좌, 문학기행, 회원들의 합동 출판기념회, 작고여성문인 재조명 세미나 등을 개최하면서 한국여성문학의 중심이 되었다. 시야를 넓혀 일본, 중국, 러시아 등, 국제여성문학인대회에 한국여성 대표로 참석하기도 했다.

창립 50주년에는 역임 회장들이 쓴 회고담과 작고하신 회장을 보필해온 분들이 문학사적 업적과 후일담을 모아 『한국여성문학인회 50년사』를 발간하였다. 한국여성문학인회의 역사는 한국 근·현대여성문학사라고 할 정도다.

한국근대문학에서 여성이 등장하는 것은 1920년대 박화성, 김일엽, 나혜석, 김명순의 등장부터이다. 이들의 여성성에 대한 인식은 가부장적인 제도에 대한 부당성을 드러내는 형태로 나타난다. 여성 특유의 감각으로 묘사를 하고 여성성에 대한 자각의 단초가 되는 면에서 의의가 있다.

이어서 최정희, 노천명, 모윤숙의 작품에서 여성성에 대한 인식은 성별을 넘어서 남성 중심 사회의 일원으로서 동등하게 대우받기를 원한다. 김남조와 홍윤숙은 각각 '청미시'와 '여류시' 동인들에게 영향을 주며 전통적인 여성시와 모던한 여성시의 경향을 이룬다. 이처럼 대비적인 성향은 이후 여성시의 서로 다른 특징의 근거가 된다.

전자가 통념상 여성적이라고 여기는 것들을 긍정적으로 주목하는 반면에 후자는 여성성이 제도적으로 교육되고 왜곡된 것임을 밝히고자 한다. 여성에게 가해지는 억압의 측면을 드러냄으로써 여성성에 대한 보수적인 기존의 시각을 교정하는 데 집중하며 현대로 이어지고 있다.

요새 우리는 과학과 기술의 급변을 체감한다. 이런 사회에서 생각과 느낌을 표현하는 능력은 개인만 아니라 사회적 소통의 차원에서도 중요하다. 인터넷 기반이 활발해지면서 다양한 형태의 글로 표현하는 기량이 일상에 펼쳐지게 되었다. 컴퓨터 및 인공지능 새로운 기기들이 등장하는 순간, 편리함을 상쇄하듯 기존 속도는 밀려나고 마음의 여유를 잃고 쫓기듯 살아간다.

날이 갈수록 물질 자본주의의 모순을 접하며 미래가 불안한 현대인. 어떻게 살아야 현명한지 시대의 요구에 직면하게 된다. 문학의 소임은 무엇인가. 우선 당대의 아픔에 대한 통찰이 있고 창작의 산고가 따를 것이다. 자신과 주위를 돌아보며 사유하는 인문학 정신이 산실이 되어야 한다. 문학을 포함하는 인문학은 궁극적으로 동일성을 탐구하며 생태적으로 맞물려 있고 상호 텍스트가 된다. 대지적 여성성은 이 땅 나아가 지구를 지키는 생명성을 지니며 치유력을 지녔다.

향기와 결이 스며있는 지점을 찾아 문학이 위안이 되었으면 한다. 문학은 삶의 소용돌이에서 숙성된다. 우리 시대 문학의 화두는 지혜의 활로를 열어가는 담론의 생산 역할을 해야 한다. 새로운 해석의 지평으로 문학인이 창작에 매진할 때 감동은 독자의 편에서 위로가 될 것이다.

그런데 근자에 문학 지망생의 수는 줄어들고 있으며 단체에 가입하지 않는 개인적인 성향이 있다. 발 빠르게 다양한 매체로 소식을 접하는데 군이 연대 결속의 필요성을 못 느낀다고 토로하는 이도 있다. 이것은 젊은이들이 문학에 대한 열정이 식어간다는 얘기이다. 패기 있는 젊은 여성 문인이 한국여성문학인회에 필요하다.

  또한 상당수의 고령이 문학을 열망한다. 젊을 때는 육아와 가사 등으로 생활에 바빴다가 자식이 다 크거나 은퇴 후에 접어둔 꿈을 펼치며 제2의 인생을 맞는 경우이다. 물론 생물학적 연령은 수치이고 소프트웨어 기기를 다루며 의욕적으로 매진하는지가 관건이다.

  생계를 염두에 두는 상황이라서 젊은 층은 현실적으로 수입이 적은 문학보다는 상업성이 있는 영상 매체 혹은 엔터테인먼트 계열을 지망하는 추세이다. 오락물을 통해 재미를 선사하면 실의에 빠진 사람을 달래줄 수 있다는 논리는 일부 맞다. 그러나 이 글은 시대의 흐름을 인정하되, 즉흥적 여흥 추구의 만연은 시대의 고통에 무감각해지고 판단력을 상실하므로 정반합으로 변증법적 방식을 권한다.

  젊은 여성 문인의 입회를 독려하며 한국여성문학인회에서 활약할 수 있기를 바란다. 창작과 병행을 하여 후속세대를 북돋우고 여성문학 관련 연구 자료나 현황에 관심을 부탁드린다. 제반 변화에 따라 후속 세대들이 지속하기 힘든 상황에서도 참여를 이끌어가기 위해서는 응용 분야 관계자들과 연계하거나 이들을 잇는 대상에 귀를 기울여야 한다. 소통을 추진할 때, 현재의 문학과 문화가 입체적으로 구성되면서 원형적 사고와 감정도 총체적으로 파악될 것이다. 한국여성문학인회에서도 지금까지 56년간의 성취에 더하여 실천 의지가 굳건하기를 기대한다.

  이와 더불어 장르 간의 통섭도 소중하다. 시에는 쓰는 사람의 마음이 담겨 있다면 평론은 그런 마음을 읽어주는 것이다. 시인이 어떤 마음으로 작품을 썼는지 헤아려 분석하는 것이 평론이므로 표현과 기술의 방식이 다를 뿐이다. 이런 식으로 문학과 영화, 음악, 연극 등등 여러 장르도 작품에서 작가가 하고 싶었던 의도와 의미가 무엇이었을까 그 마음을 읽듯 인접 장르를 대한다면 좋겠다. 이편과 저편을 이어주는 매개라는 관점에서 돌봄은 갈 길이 멀다.

  문화예술을 살려야 한다고 관련자들은 말한다. 그러나 대다수는 왜 그래야 하는지 공감이 되지 않는다. 부동산이나 경제라면 눈에 불을 켤 텐데, 문화나 예술이라는 말에는 그리 큰 반응을 보이지 않는다. 이는 큰 맥락을 모르는 소치이다. 경제력은 독단으로 성립되지 않는다. 사회와 문화는 이리저리 연결되어 있다. 천연

자원이 부족하고 IT 산업이 발달한 우리나라는 문화예술을 외면하고 경제가 독불
장군이 되기는 어렵다.

예술은 문제의식을 발판으로 태어난다. 수구적이지 않고 현실을 넘어서려는 새
로운 발상이 충만할 때 찬란한 빛을 발한다. 인간은 언어적 존재이며 문학은 그
바탕이라는 사실을 명심하자.

팬데믹이 길어지면서 우울감이 걱정되는 요즘, 소통할 수 있는 장을 마련해야겠
다. 대면이 어려우면 화상의 방법으로 발전 방안을 모색하고 솔선수범해야 한다.
한국여성문학인회 신입회원의 문은 열려있다. 관심과 애정을 바란다.

박수빈 | 시인이자 문학평론가. 전남 광주 출신. 아주대 국문과 박사과정 졸업. 현 상명대 강사. 시
집 『달콤한 독』으로 작품 활동 시작(2004). 저서: 시집 『청동울음』, 『비록 구름의 시간』, 평론집 『스프
링 시학』, 『다양성의 시』, 연구서 『반복과 변주의 시 세계』. E-mail: wing289@hanmail.net

백번 헐어 바친 가슴, 백번 어리석었어도
부질없는 그리움이라 후회하지 않기
허튼 사랑이라며 부끄러워하지 않기
                    …

가야 한다, 나는
그 섬에 닻을 내려야 한다
살아온 날들이 아무것도 아니다.

                    - 이향아, 「그 섬으로 가는 길」 중에서

섬

비양도
– 섬과 육지

고광자

섬은
육지를 바라보고
육지는
비양도를 바라보며
서로를 그리워한다
때론 안타까이
속마음을 들여다보며
가끔 고개를 끄떡인다.

고광자 | 1996년 『순수문학』 등단

바벨탑

구회남

여명이 등을 밀어주면 하루 걸러 고향으로 간다

마스크만 하다 보면 숨을 쉴 수 없고 천변을 걷다가 지쳤기 때문이다

아버지 집에 가서 철문을 철컥 닫고 기형도의 유배지에 갇힌다

버지니아 울프의 자기만의 방이 완성된 듯도 했으나 밖이 시끄럽다

농약을 주지 않았다고 벌레가 자기 집으로 왔다고 난리 브루스다

죽인다며 거리두기 4단계에 이상분은 침까지 뱉는다

나는 모른 척 중고 금영 노래방 기기에 대고 시집만 읊는다

여자는 낯선 동네에 오자마자 담부터 쌓더니 급기야 어느 곳은 5cm 사이밖에 안 띄우고 싸서 거울은 모른 체하라 처음부터 일러두었다

거울이 태어난 거기서 호랑이 새끼 한 마리가 싸움을 걸어오니 65년 만의 첫 싸움에 약해 소송을 건다

너를 위해 18번을 부르다가 사랑했어요 너의 18번도 불러주다가 가장 아름다운 석양이 등을 밀면 집으로 오는데 터널은 많고

56m 바닷속을 헤엄치며 오는데 소낙비 내리니 주먹으로 눈가를 문질렀다

구회남 | 2006년 『리토피아』 등단

떠도는 귀소歸巢의 섬

雪津 김광자

나는 문패가 찌든 바다 한 채를 가지고 살았다

집을 비우면 자갈을 물고 온 파도 너울이
하얗게 속을 끓이고
마당에 들어선 물소리는 물어온 자갈을
파도 속을 품었다가 게거품을 남기고 사라졌다
물곬을 트고 파도에 씻긴 물소리는
내 베개에 젖어 잠이 들곤 했다
밤 내내 파도를 껴안고 잠들던 승당 갯마을
갯바람에 취한 중천의 해가 늘 게으른
나의 아침을 깨웠다

물수리 떼 온종일 깃을 털고
저녁나절 고요히 밀려오는 사춘기의 파래빛 바다
객살이 이삿짐을 풀어 몸을 뉠 때마다
내 파란 마음이 물새를 부르는 섬
바다가 물어갈 자갈을 한 돌씩 밤바다 세는 별밤지기
그 물새 섬을 안고 개헤엄을 치다 객잠에 들곤 한다.

김광자 | 1992년 『월간문학』 등단

_ 사막 · 13

김남조

솔기 없는 이불을
빛의 가위로 실금 하나 열어
노을이 길게 누워 온다
노을이 이런 말을 한다
그대도 쉬고 싶거든
예 와서 누워라

이 말이 좋다
삶의 세월 다 저문 이 시절엔
누워 벗하며 멈춘 바람처럼
함께 쉬자는 말이 어질어질 황홀하다
음성 없는 기도 같고
성서의 행간 같다

김남조 | 1950년 『연합신문』 등단

섬

김미순

정확한 수위를 재며
늘 바닷물을 밀어내는
외로움의 평균율

한 개의 알약으로 해체되는 아픔으로
차라리 머리가 아프면 좋겠다
차라리 온몸이 아프면 좋겠다

종일토록 젖은 날개 말리는 햇빛
휘적휘적 커 오르는 물풀들의 신경

안으로 안으로만
외롭게 조여 오는
한 덩어리의 목숨.

김미순 | 1990년 『문학과의식』 등단

_ 문무관

김선아

단청도 없는 뒤뜰 황토벽 발치에
펼친 경전 한 권만 한 작고 깜깜한 섬이 있다
섬은 뒤로 들어앉은 벽의 눈이다
묵언처럼 묵직한 저 눈 안에서
사람이 산다고 한다

모든 허물이 나만의 것 같은
눈을 통하여
한 끼 빛 공양이 들어가고
곡기 없는 발우가 붉히고 나오는
진실통 안에서
자고 누고 면벽하는 납자

쪼그리고 마주 맞추고만 있어도
내 단주 걸어 놓은 뼛속 구멍에는
보고도 안 본 듯 무채색 겸손이 생겨
섬이 남겨 둔 징표 우담발라가 핀다.

김선아(부산) | 2007년 『문학공간』 등단

먼 섬

김선아

먼
섬은
언젠가
그리운 당신에게 꼭
받아보고 싶었던 꽃다발 같은데.
석양 빛깔 너머로 말라가네, 저 꽃다발.
내세에서나 푸르게 수혈해 줄 텐가.
다정하게 응답해 줄 텐가.
당신은 끝끝내
그때처럼
머언
섬

김선아(서울) | 2011년 『문학청춘』 등단

섬, 그리고 사랑

김선주

섬을 찾아가는 여객선에서
처음인 듯 그리움인 듯 바라본 바다

저 멀리 안개에 싸인 산을 품어주며
신비한 빛깔들로 눈부신 창조의 세계

한여름 새벽에 젊은 날의 그 바다
섬을 안고 방 안 고요히 시 되어 흐른다

보고 싶다, 미안하다
바다의 등대 연락선에 실어 보내는
신출내기 여교사의 눈물
아이들을 위한 다짐, 승리의 선언이다

돌아가면 많은 사랑을 줄게
수없이 되뇌는 소리 없는 말은
바위 위에 앉아 쓰는 가난한 손편지

나의 그리운 연인은 우리 반 꼬마들이다
여름밤 바다처럼 푸른 섬은
시였고 사랑이었다

김선주 | 1996년 『문학과의식』 등단

꿈꾸는 섬

김선진

고단한 나의 절반이라도
너에게 건네고 싶다
아니 그 절반의 절반이라도
너의 품에 놓아주고 싶다
절해의 고도지만
늘 울어주는 파도가 살아 있고
담회색 등과 녹황색 부리
괭이 소리로 우는 갈매기
저 하늘 별이 뜰 때까지
마음껏 풀어내는 그곳
제발 아무도 없으면 더욱 좋으리
폭풍우 몰아치는 뭍의 외로움
내가 살아내는 그 끝까지
깡그리 품어주면 정말 안 될까.

김선진 | 1989년 『시문학』 등단

아버지는 섬이었다

김송포

아버지는 아내를 두고 바다로 건너갔다 조국을 지키기 위해 러시아 북방으로 갔다 백만 년 후 돌아와 보니 집 모퉁이에 해당화는 시들어 목을 늘어뜨리고 가슴은 마른 젖줄같이 오그라들었고 그리움에 부딪힌 마당은 구멍이 숭숭 패어 있다 남쪽까지 밀고 밀려 해후하자던 약속, 열여덟 꽃다운 어머니의 시간이 노을 물이 들어 아득해졌다 기다림이라는 무지개의 다리로 비 갠 오후 3시, 마지막 보랏빛으로 섬에 둥둥 떠 있다는 것을 아버지는 알고 있을까

김송포 | 2013년 『시문학』 등단

작은 섬에서 가슴앓이하고 있다

김옥남

숨소리조차 들리지 않는 적막
공허함을 품고 있는 섬
소소리바람*이 가득하다

지난날 가면을 쓰고 술래잡기하며
불꽃 속으로 들어간 시간
고슴도치의 날카로운 바늘이 되었다

가슴골을 타고 흐르는 회한의 날들
으스러진 빈 쭉정이가 되어
빗물에 젖어 고통을 견딘다

스스로 헤어 나올 수 없는 섬
붉은 노을빛 가슴에 내려앉아
괜찮다 위로를 건넨다

---

* 이른 봄에 살 속으로 스며드는 듯한 차고 매서운 바람.

김옥남 | 2010년 계간 『문파』 등단

손죽도

김옥희

떠밀려 떠나오던 날
해무에 지워지던 길

그 길 뒤로하고
뱃머리에 서서 다짐하였느니

잊지 않으마

살가운 언사에
맘 고파하지도 않고

봄볕 같은 토닥임의 손결
그리워도 않으마

이제부터는 내 안 덜어내고
너로 채워 가리니

부단한 애씀 끝에
내 곧 네가 되고

보리 이삭 출렁이는
눈물겨운 초록의 능선이
늘 우리 안에 넘실댈 터이니.

김옥희 | 1993년 『시대문학』 등단

섬

김태실

캄캄한 관 속에 누워
기찻길 건널목 종소리를 듣는다
찌그러진 양은 주전자 두드리는 소리
전깃줄에 흐르는 뜨거운 소리
여객선 출발하기 전 울리는 긴 기적
모이를 쪼다 일제히 날아오르는 새 떼의 날갯짓
소리는 열댓 번 모양을 바꾸며
천천히, 급박하게
형태를 그리고 세부 골격을 그린다

자기장을 투영 시켜 감지된 신호를
영상으로 구성하는 MRI
감은 눈 위로 푸른 빛줄기 금을 그으며 달아나고
최대한 편안하게 호흡을 가다듬은 28분
생각이 찍힐까,
감춰둔 목소리도 찍힐까, 배가 고프다
고독한 섬에서
둥글고 작은 구멍 하나 발견했다
남의 자리에 집 지은 물기 머금은 구슬
한 걸음씩 굴러가고 있다

김태실 | 2010년 계간 『문파』 등단

_ 섬

김태은

바닷길 막막한데 흥건히 잠이 든 너
적막이 통통 여물어 절로 터지는데
비릿한 냄새가 네 늑골 밑에서 올라온다.

한적한 섬마을 이목구비 또렷한 한낮
가슴에 해당화꽃을 달아도 보는 이 없고
파도의 세레나데에도 아무도 듣는 이 없다.

어차피 사람은 모두 외롭고 고독한 것
목로 카페 차 한 잔을 노을 앞에 받아 놓으면
찻잔에 어리는 고독에 또 지병이 도진다.

한사코 고독을 벗지 못한 채 시들어가도
고려청자 닮은 그분과 함께 지낼 수 있다면
한세상 달이 기울 듯 나 고이 건너가겠소.

김태은 | 1990년 『동아일보』 등단

대모도에서

김행숙

안개 자욱한 바다
빙 둘러앉은 정겨운 섬들
육지 가깝다는 안도감이
마음을 느긋하게 하는 섬

보리 이랑 사이 북궁새 날고
큰산망재 숲에 들면
휘파람새의 영롱한 울음소리

바다 위로 내리는 햇살
물고기 비늘처럼 반짝이고
세상의 눈부신 것들 다 거기 모여

선창의 갯강구 끝없이
바다를 끌어올려 나른다

이당나무 잎새 위에
한낮의 고요가 잠드는 곳

오십여 호 단란한 마을
하룻밤 묵어가는 객에게
촌부는 손을 흔든다
"먼 곳에 와서 고생만 징하게 하다 가오."

김행숙 | 1995년 『시문학』 등단

무인도無人島

김후란

그 넓은 바다에
기댈 곳 없이 떠 있는 섬

아무도 찾아주지 않는 외로운 섬
기슭을 치는 물살에 몸을 떨며
아득한 수평선을 바라본다

새들이 날아가다 잠시 쉬었다 가는
그 작은 날갯짓만이
파도에 묻어있다

기다림에 익숙한 무인도
내 가슴에 젖어 드는
착한 그 섬의 숨소리

김후란 | 1959년 『현대문학』 등단

덕적도 추억

나고음

바다가 나를 안고 바람을 뚫고 걸어간다
섬이 게워 낸 안개로 최면에 걸린 관능

뻘밭에 엎드려 세월을 줍던 아낙들도
뻘 속 같은 집으로 돌아가고
건지고 간 꿈의 무덤만
숭숭 구멍 속에 외롭다

세한도가 걸려있는 주막을 뒤로하고
함께 걷던 비
섬은 얼마를 더 젖어야 가라앉는 것일까

한 사발의 소금으로 남을
덕적도 추억

나고음 | 2002년 『미네르바』 등단

_ 독도에 발을 찍다

박하영

동해 바다 푸른 물결 헤치며
유람선은 마냥 동남쪽으로 달린다
마음은 파도보다 더 들썩거리며
환희의 물결로 출렁거린다

마침내 발을 찍은 아름다운 독도
태극기 흔들며 소리쳐 부르는 함성
이 섬은 우리 땅 대한민국 독도
감히 누가 이 땅을 자기네 땅이라고 우기다니
얼토당토않는 어처구니없는 일
대대손손 이어온 역사가 증명한다

독도 한 바퀴 멋지게 비행하는 헬리콥터
우리 땅 이렇게 잘 지키고 있노라고
환호하는 사람들 가슴 뜨겁게 환영한다

흰 물거품 튀기며 밀려오는 파도
우리도 지키겠노라고 합창한다

박하영 | 2000년 『창조문학』 등단

그 섬에는

백미숙

그리움이 다 그곳에 있다
울창한 동백숲과 비자림이 하늘 가리고
숲 속에 숨어있는 태곳적 숨결 곶자왈
신비의 품 안에서 나는 나방이 된다

한라산 중턱에는 사슴이 풀을 뜯고
흰 구름 둥실 솟아 백록담 감싸 안은
초록 위에 펼쳐놓은 찬란한 햇살이
한라의 정상을 하늘 위에 세웠다

내도동 앞바다의 수천 개의 자갈이
파도를 밀며 당기며 왈츠를 추는데
젊은 꿈 다짐하던 목소리가 들린다
아름답고 그리운 섬,
그 섬에 가고 싶다

백미숙 | 2005년 『한국문인』 등단

집 섬

서정란

언제부턴가 집과 집 사이에 담이 없어졌다
담은 집을 보호하는 구조물이다
그 담이 없어지고 집만 덩그러니 남고부터
사람들은 마음의 담을 쌓기 시작했다
보이는 담보다 보이지 않는 담이 더 견고한 성이 되어
집은 집 속 섬이 되었다

담이 있을 땐 담을 사이에 두고
시누이며 시어머니 뒷담화가 오고 가고
특별 음식이 있을 땐 음식이 담을 넘었는가 하면
만화방창 봄날엔 꽃가지도 담을 넘어
희로애락 넘지 못할 것이 없었다
그러나 지금은 담을 허물고도
보이지 않는 마음의 담에 가로막혀
담도 정도 사라진 집 섬이 되었다
그 섬에 갇혀 인간 섬이 되어가는 게 무섭다

서정란 | 1993년 『시대문학』 등단

갈 수 없는 섬

신동명

새벽이 어둠을 채 거둬들이기 전에 옥상에 올라갔다
서향 쪽 뒤편 150여 미터쯤 떨어진 곳에 있는
[북한산 태창 아파트] 16층의 손녀가 보고 싶어서다

눈앞에 아른거린다
눈에 넣어도 아프지 않은 내 혈육, 내 눈 속의 눈부처가
자가격리가 끝나려면 아직도 이틀이나 남았다
천리만리 떨어진 현해탄을 건너왔건만 내 핏줄까지
안아 보지 못하다니 어쩌다 이런 몹쓸 세상이 되었는가!?

기저질환이 있는 할미가 걱정돼 즈이 아비 형제들이 내린
강력한 조치지만 가고 파도 갈 수 없는 섬이 되었다
어제저녁에 미리 약속해 둘걸… 이쪽 옥상에서 하얀
천을 흔드는 이가 있거든 널 보고파하는 할미인 줄 알라고
사랑한다. 할미의 손녀, 똥강아지야.

신동명 | 1992년 『문예사조』 등단

_ 꽃바위섬

신새별

먼바다에
오똑 솟은 꽃바위 섬.

고래도
미역귀도 다 잠기는데,
넌 왜 안 잠기니?

달도 잠기고
구름도 잠기고
바람도 잠겨 일렁이는데,
넌 왜 안 잠기니?

파도 찰싹이게 하려고?
새들 놀게 하려고?
꽃들 피게 하려고?

신새별 | 1998년 『아동문예』 등단

두 개의 섬

안혜초

우리는 외로운
두 개의 섬
처음에는
하나이고 싶었던
두 개의 섬
같은 바다
같은 물굽이에
두 발 묶이운 채
밀었다 당겼다
줄다리기하는
사랑보담도
더욱 질긴 이름 모를 밧줄아

안혜초 | 1967년 『현대문학』 등단

_ 섬

양계향

갈 곳이 어디인가 오라는 곳 더욱 없다
우두커니 기다리니 무인도가 바로 여기
구조선 뱃고동 불며 나타나길 기다릴 뿐

비대면 영상수업 동급생도 몰라보고
왜 이리 큰 재앙을 지구인께 보냅니까
영세한 자영업자들 울부짖음 들리지요

양계향 | 1990년 『시조문학』 등단

_ 돌섬

이국화(화국)

저 땅이 벌컥 뒤집히는
태풍 홍수에도
자세며 눈썹 한 잎
까딱 않고 앉아 있는
강심장 하나

살기와 죽기가 함께 어려운
날마다 짠물 켜도
거뜬 머리 쳐드는
망망대해
외로운 의지 하나.

이국화 | 1990년 『현대시』 등단

섬

이병연

닿을 수 없어
바닥을 모르는 그리움으로
달려가고 달려간다

꿈속에 들리는
시퍼렇게 멍든 파도 소리

어렵사리 다리가 놓이자
섬은 스러지고
깨진 그리움 조각

그리움, 어디에 떨어뜨렸을까

잃어버린 그리움 찾아
빈 바다를 오가며 떠도는 파도

그리움은 먼 곳에 있어
숙명처럼 외로움 안고 산다

이병연 | 2016년 『시세계』 등단

섬 같은

이복자

섬을 생각하며 살아요.
섬 같은 사람을 그리워하지요.
아니, 그리움을 사육하지요.
감정의 중심에 있는 사랑, 재가 되면 좋으련만
가슴 뛰던 순간이 심지가 되어
아직 활활 타고 있어 놓을 수가 없어요.
만남이 뜸할수록 뜨거워요.
시간이 흘러도 내 안에 있는, 더듬으면 내 앞에 없는
큰 섬, 그 섬에, 섬 같은 그이가 살고 있어요.
발자취가 그립고 모습이 그립고 피부가 그립지요.
섬을 사랑한 죄지요.
그리움이 고이면 졸음이 올 것 같아요.
사무치지요.

이복자 | 1994년 『한국아동문학』 등단

섬, 길, 벽

그 섬에 취하다

古月 이선자

비틀비틀 술 안 먹어도 취했다
동무가 없어도 좋다

파도하고 놀지
지평선하고 놀까
갈매기도 없으니 못 놀지

그러면 어떠랴
고래 등 타고 울렁울렁 취해볼까
일상 탈출 배낭을 내려놓고
켜켜이 쌓인 짐
이 세상 하얀 짐 보따리
멍한 바다 위에
모두 모두 던져 버리고
그 섬에 취해
빈손으로 돌아가고 싶다

이선자 | 2011년 『한국작가』 등단

외로운 섬 하나

미랑 이수정

친구 하나 없이
외로이 홀로 서 있는 섬
그리움으로 가득 차 있는 너

가없이 큰 바다에 에워싸여
드센 바닷바람과 파도와 싸워가며
지치도록 힘들게 서 있는 모습

그저 파도와 바람
그리고 빈 하늘뿐

아무리 둘러봐도 아무도 없고
사랑한단 말 한마디 할 데 없어

풀잎으로 나뭇잎으로
바람 속에다 아무렇게나
마구잡이 그리움의 낙서를 하네.

이수정 | 2003년 『서울문학』 등단

내 안의 섬

송하 이양임

먼발치에 포말로 왔다가

눌러앉은 큰 섬

안개 바람이 길을 물으면

부표가 손을 내밀어

수면 위에 깃발을 올려주고

나는 은둔의 고립 항해사가 되었다

하늘이 내린다는 맏며느리

비포장길 저울추를 반추하며 걸었다.

노을이 바다에 잇몸을 보이듯

나목에 매달린 단풍 섬처럼

내 안에 쌓인 섬 하나씩 비우고

호박잎 깔고 강낭콩 꾹꾹 눌러

인연의 부푼 섬을 한 솥 쪄내고 있다.

이양임 | 2003년 『시마을』 등단

고요한 섬

이옥진(始園)

비바람 치는 바닷가에서 뒤늦은

이별을 보네

우리가 가까운 곳에 집을 두고도

얼마나 멀리 여행을 떠났는지

네가 떠나 온 그곳에

너의 안식과 평화가 있었으니

이제 여행의 마침표 찍고

돌아가야 하네

때로는 모진 바람 불어와도

이제 너는 마음 헤아려

먼 길 나서지 않으리라만

미소짓는 고요한 섬 파르르한 숨결

저무는 황혼의 바다에

바다의 꿈은 비릿해

서러운 하얀 포말로 부서지는 파도

이옥진 | 1991년 『현대시』 등단

그 섬으로 가는 길

이향아

어느 파도에 휩쓸려 나 여기 묻혔을까,
어쩌다 한바다에서 넋을 놓았을까,
헛것을 본 것처럼 그 섬은 없었다
천지사방 바람은 몰려와 울먹거리고
어지럼증 속에서 아직도 반짝인다
은사시나무 한 잎처럼 작은 섬
백번 헐어 바친 가슴, 백번 어리석었어도
부질없는 그리움이라 후회하지 않기
허튼 사랑이라며 부끄러워하지 않기
빈 창고처럼 어긋나 덜컹거리는 몸,
포구마다 나루마다 잠긴 문을 흔들어
가야 한다, 나는
그 섬에 닻을 내려야 한다
살아온 날들이 아무것도 아니다.

이향아 | 1963년 『현대문학』 등단

보길도(우기)

임솔내

낙서재 거북바위 타고
반나절 앉아 있었을까
땅끝
미황사 오르는 길
또 반나절 하염없었을쯤
진흙 물에 얼굴 씻는 연잎 보며
한 자락 꿈길에 들었을까
어디쯤일까
나는 누군가의 눈물 속을 걸어갔다
아주 긴— 우기였다

임솔내 | 1999년 『자유문학』 등단

제주 새끼섬

장충열

산호초꽃들 사이로 물고기와 헤엄치던 그날은
동심원 속에 투명하게 갇혔다
아름다운 섬에 통째로 새겨진 선명한 한 줄
기억의 섬은 파도에 맞은 상처도 잊은 채
마취에서 깨어나지 못하고 넘실거린다
물이랑 사이에 갇힌 것은 되돌리고픈 시간이다
별똥별 하나 수평선에 가볍게 떨어진다
물고기가 받아먹은 것은 별의 아린 추억이다
물고기의 몸은 반짝거리며 제주 바다를 비출 것이다
지상에 넘쳐나는 사랑의 언어들을 다 모아도
나는 늘 섬일 수밖에 없다는 것을 안다
해안의 모래알로 부서진 파도의 말이
아직도 생생한 것은 기억력 때문만은 아니다
들려오는 푸른 메아리가 쉼 없이 파도치기 때문이다.

장충열 | 1996년 『문학세계』 등단

ㅡ 섬

정두리

섬을 보려고
작은 배를 타고
비잉, 둘레를 돌아본다
섬 속에서는 섬을 볼 수가 없다

흙이 모이고 돌이 쌓이고
나리꽃도 피고, 가마우지도 키우며
이제 섬은 오뚝하게 섰다

아직 조그맣다고
얕보면 안 된다

바닷물 속에서 뿌리 내려
단단히 서 있는 섬을 보고
우리 이웃하자고 끌고 갈 수가 없다.

정두리 | 1984년 『동아일보』 등단

_ 내 안의 작은 섬

정영자

툭툭 떨어져서
작은 대륙 만들고
점 하나 키우는 거
좋아 보인다

산불로, 홍수로, 지진으로, 가뭄으로
이제는 이상한 바이러스로
흔들리는 세상,

탁탁 털어서
섬 하나 키우면 안 되나

물결이 씻다가 말고,
태양이 내리다가 노을이 옷 입혀주고,
물새들 입맞춤하는
내 안의 작은 섬,
사랑하면 안 되나

정영자 | 1980년 『현대문학』 등단

밤섬 栗島

조구자

흰 구름 너머
노을 짙은 내 마음에
당신은 늘
진실의 말과 믿음과 사랑을
고스란히 비춰 주었어요

한 편의 시처럼
바다 같은 한강을 품어 안고
여의도와 서강 8경과
철새들에게
나무 마음을 읊어 주었어요

지금 느끼는 행복과 평안이
흙의 거름이 되고
땅을 기름지게 하는
산소의 숨결이라고
나무 마음을 보여 주었어요.

조구자 | 1982년 『현대시학』 등단

_ 독도

진길자

성난 파도에 쓸려 살점이 뜯겨나도
염원에 목이 타는 방패막이 절규에는
말로는 전할 수 없는 절실함이 실렸나니

끝없는 독백으로 멀미 난 별빛마저
돌섬에 남긴 전설 고이 품어 다독이며
매서운 눈빛을 들어 긴 역사를 응시한다

뭍을 향한 일념으로 출렁이는 가슴 가득
밤낮없이 펄펄 끓는 심장을 추스르며
여명이 밀물져 오는 해조음을 잣는다

진길자 | 1997년 『시조생활』 등단

코로나19 섬 깨져

차옥혜

잠시 천둥이 치는 듯한 소리
잠잠하다 다시 요란한 소리
살펴보니 창틀과 방충망 사이에 갇힌
매미가 탈출하려 몸부림친 소리
작은 몸과 날개로 어떻게 그렇게
큰 소리를 낼 수 있을까
막상 창문을 열어주니
기운이 빠져 날아가지도 못해
물을 살짝 뿌려주니 날아가다

매미처럼 나도 힘껏 몸부림치면
내 목숨의 진동으로
나를 가둔 코로나19 섬 깨져
마스크 없는 자유 세상으로
훨훨 되돌아갈 수 있을까

차옥혜 | 1984년 『한국문학』 등단

익명의 섬

너 또한 고만고만한 가면을 바꿔가며
거대한 익명의 섬에서 얼굴 묻고 살고 있다
하나님 하늘에 계시고 내 얼굴은 어디 갔나

침묵이 힘이 들면 가면을 벗어보자
화장을 지워가듯 하나둘씩 그렇게
아뿔싸, 어느 게 나일까 구도求道의 가면 하나

최순향 | 1997년 『시조생활』 등단

섬에서

하옥이

서로가 서로에게
벽을 세운 도시를 벗어나
어두운 가슴에 불 밝히는
그 무엇이 되어
점 점 점 커져만 가는
네가 있어 존재하는 나
너에게 와서 너를
뭐라 불러야 할지 모르지만
이름은 한낱 허울뿐이 아닌가
한 외로움이
한 외로움을 만나
저절로 완성되어지는 섬
아픔은 아픔끼리 눈 맞추며
시간의 집을 짓는…

하옥이 | 1996년 『문학세계』 등단

섬 민들레

한경희

바람 분다 등대 머리
노란 꽃이 다부지다
이 먼 길 외진 곳을
맨발로 온 민들레
그 무슨
뜻인 것 같아
물새들 울고 간다.

고깃배를 부리는
민들레 같은 여인
검은 산 바다를 닮아
그대로 흑산도黑山島
어쩌면
나 있을 자리
소명召命이 눈부시다.

한경희 | 2000년 『시조생활』 등단

기억의 섬

한기정

동생이 태어나던 저녁
천장에 매달린 알전구는 지나치게 고요하고
다다미방에 누운 엄마는
산고를 치르는데
고통의 소리는 잠잠하고
다급하게 서성이는 사람들

무성 영화를 보듯
멀찍이 떨어져 앉은
나

행여 고향 냄새가 어디 있을까
어릴 적 살던 동네를 휘적휘적 거닐지만
서울은 변신 합체의 고수
낯선 그리움만 챙긴
빈털터리

언제나
섬.

한기정 | 2011년 『현대수필』 등단

_ 고독을 풀다

바위의
영혼마저 베어버린
바다에게

삶이란
연애라며 속삭이듯
서 있는 섬

고독은
존재의 무기
힘을 포갠 섬의 뜻

한분순 | 1970년 『서울신문』 등단

1 섬   77

섬 아이

허영자

섬에서
외로웠던 아이
뭍으로 갔다

뭍에서
더 외로웠던 아이
다시 섬으로 갔다.

허영자 | 1961년 『현대문학』 등단

작은 섬 하나

홍사안

지상에서 가장 작은 섬 하나
남모르게 심어 놓고
무시로 그리움을 키우며 살고 있었네

붉디붉은 동백꽃 다 지기 전에
그 섬에 닿아야 한다고 타이르면서
바람을 가르고 파도를 저어
망망한 먼 길 재촉하며 헤매고 왔을 때

그윽이 깊어가는 칠흑의 밤 등불 밝히며
간절히 맞이해 주는 다정한 손길

가슴에서 울컥 쏟아지는 눈시울 적셔내는
그리움도 쌓이고 쌓이면 단련이 되는지
정금같이 단단해지는
지상에서 가장 작은 섬 하나.

홍사안 | 1991년 『문예사조』 등단

고요, 한 칸

홍순이

워낭도 슬피 울던
안개 늪

스쳐도 아린 길
하관하듯 내려놓고

혼자 누릴
고요, 한 칸
산마루에 짓는다

열사흘
달에 취해

벚꽃 날리듯
지고 싶어서.

홍순이 | 1991년 『문예사조』 등단

_ 섬

황옥경

무릎에서 나뭇가지 부딪는 소리가 나면서부터
나는 절반의 삶을 살고 있습니다.

발걸음의 보폭을 반으로 줄여 호랑이걸음으로 걷고
한발씩 천천히 계단을 내려 딛으며
앉고 일어서는 몸의 움직임도 그 속도를 반으로 줄인 채
외톨이가 된 듯 살고 있습니다.

어쩌면 나는 고립무원의 섬에 갇힌 듯합니다.
여기서는 시계의 초침도 길게 발을 끌며 가고
바람같이 들고 나던 갈매기의 날갯짓도
늘어진 테이프처럼 시간을 밀어내고 있습니다.

등대의 불빛이 흑암의 바다를 비추니
먼 바다로 나가는 물결의 굽은 등이 하얗게 빛납니다.
기약 없는 만남을 기다리는 마음이
멀어져가는 물결을 따라갑니다.

아픈 무릎의 사각지대에서는
헛헛한 그리움만이 멀어지는 풍경으로 서 있습니다.

황옥경 | 2012년 『문학과창작』 등단

무명도의 혼

김녕희

전화는 무명도의 A였다.

"어젯밤 네 꿈을 꾸었다. 결혼 안 한 네 집 마루에 나란히 누워, 미술대 다니던 시절의 연애 얘기를 한 네가 흐느껴 우는 통에 잠 깬 내 눈에서 눈물이 흘렀다."

몸을 다친 B는 전동침대에 누워 창밖의 숲을 내다보면 눈물이 난다고 말했다.

꿈 끝에 흘린 A의 눈물과 달리 B는 지나간 시간의 허무감이 가슴을 조였다. 돌아올 수 없는 시간의 기억들에 자꾸 서글펐다.

"A형. 우리 합동작품 잘 진열되었어. 그러니까 그 섬에서 이젠 나와요. 7년 넘게 애도를 했으면, 이젠 태풍에 휩쓸려간 아내도 어머니도 떠나보내야지."

B는 A가 무명도에 오면 자고 가는 건넌방 침대를 정리하며 다졌다. '다시는 못 가게 해야지. 서해 끝 외딴 섬의 억센 바람결과 울부짖는 바다 갈매기의 외로운 날갯짓….

곡선의 바다 노을을 품은 A의 그림들과 B의 동화 같은 야생화가 새까만 전시장 벽에 비창의 코러스처럼 장엄하게 빛나고 있었다.

"B. 그 그림들 전부 자네가 소유하게. 나는 무명도의 신기루 바닷속 가족들 곁으로 가네."

김녕희 | 1961년 『현대문학』 등단

익어가다 못내 터지는 과정

김지연

정확히 70대 중반부터였을까. 훨씬 더 이전이었던 것 같기도 하고 이후였던 것 같기도 하다. 음식상 앞에서 끼니 때마다 사레들려 바튼 기침으로 얼굴 붉히고, 상의에 음식 국물 흘려 수시로 무늬 만들고, 전화에서 쓸데없는 말 많아지고, 냉장고에서 반찬 그릇 꺼내다 잘 떨어뜨리고, 갑작스러운 재채기나 기침 한 번에 속옷이 뜨뜻해지는, 이런 민망스러운 일이 연일 터지던 무렵이 정확히 언제였는지 알 수가 없다.

어느새 무릎은 시큰거리고 척추 협착 신경 당김으로 허벅지 종아리까지 뻗질러져 편치않은 허리 아래 현상이며, 굽어지는 등짝이며 불거지는 오리 엉덩이 늘어진 젖가슴에 출렁이는 뱃살이며, 기미며 검버섯에 느닷없는 뾰루지까지 솟구치는 살갗.

그나마 드러난 겉모습일 뿐이니, 오장육부 내장은 오죽 무너지고 있겠는가.

안경 쓰고 안경 찾고 물건 구매한 돈도 내지 않고 잔금 거슬러 주기를 기다리는, 뿐인가, 자다 깨다 싸다 3시간도 숙면하지 못하는 불면증에 외로움 소외감 우울증 겹친 머릿속은 점점 위축되어 혹여 뇌경색 뇌출혈 불러오거나, 제멋대로 뛰다 말다 광란하는 맥박으로 혹은 핏속에 절은 기름으로 심근경색 급사急死하지는 않을지, 온통 걱정뿐인 여든 전후의 노인 앞에서 자식은 "대자연의 섭리요. 걱정 내려놓고 하루하루 즐기시오." 심상하게 말한다.

진언眞言이다. 팩트Fact다. 익어가면서 터트려지는 과정의 순간순간을 차라리 즐거운 유희遊戲로 받아들임이 자유롭고 행복할 것 같다.

하늘이 온통 파랗다. 온몸이 가뿐해진다. 새삼 세상에 지금 살아있음만으로도 흥겨워지려 한다. 남쪽 섬에는 엄청난 태풍이 온다고 TV에서는 재난 예방

방송을 하지만 관심이 가지 않는다.

오로지 눈 앞에 펼쳐진 시간이 무한하지 않음에 초조감과 함께 순간순간이 금 쪼가리처럼 다가들고 향기로워지려 한다.

이러한 급작스러운 심적 현상이 얼마나 지속할지 순간적인 착시나 착각으로의 현상일지 염려스러운 부분도 없지 않지만, 그러나 자연의 섭리를 전적으로 인정하면 영원할 수도 있으리라 끄덕여도 본다.

어떤 이유도 변명도 거짓말도 체면도 통하지 않는 신체, 정신 노쇠의 살아 있는 현상으로 유난히 고통스러운 날은, 나는 이렇게 '지금 살아있음만으로도 흥감해 하라'고 혼자 지절거리며 안간힘을 쓴다.

김지연 | 1967년 『현대문학』 등단

○

백령도 이야기

류인혜

서해의 가장 북쪽 땅 백령도를 생각한다. 섬 이름에 대한 전설이 애틋하다. 옛날 어느 사또가 딸이 황해도 선비를 사랑하자 외딴 섬으로 귀양을 보낸다. 사랑하는 이를 만나지 못해서 애를 태우던 선비의 꿈에 백학이 나타나서 그녀가 있는 섬을 가르쳐 주었다. 그래서 백학도白鶴島라고 불렸던 섬이 바로 백령도白翎道이다.

백학의 날개를 닮은 섬에는 규조토로 이루어진 사곶해변이 있다. 백령도를 방문한 사람들은 먼저 그 사곶해변으로 간다. 모래가 단단히 굳어서 자동차가 기세 좋게 달려도 끄덕이 없다. 호기심에 만져본 모래는 의외로 부드러운 흙처럼 고왔다.

언더우드 선교사 일행이 풍랑으로 도착한 곳이 중화동항구이다. 그들은 보름 동안 섬에 머물렀다고 한다. 운명처럼 기독교를 받아들인 백령도에는 100년이 넘는 교회가 여럿이다. 그중 중화동 교회에는 옛날에 사용했던 종이 남아 있고, 마당에 선교사들을 기리는 비석도 있다. 또 우리나라에서 가장 큰 무궁화나무(천연기념물 521호)가 있다. 삭둑 잘리지 않고 마음껏 자란 무궁화를 올려보다가 무수히 피고 또 피는 아름다운 꽃이 그리워졌다.

백령도에는 물범이 살고 있다. 멸종위기종인 점박이물범(천연기념물 제331호)은 매년 4월이면 중국 보하이渤海만에서 새끼를 낳은 뒤 돌아온다. 물범바위와 점봉바위 부근에서 무리 지었고, 다른 해안에서도 관찰된다. 안내판에는 다른 보호종 해안생물의 그림도 함께 올라 있다. 전망대에서 물범이 없는 먼 바다를 보았다.

가까운 곳에 남포리 콩돌해안이 있다. 입담 좋은 버스 기사는 콩돌을 가져가면 집안에 우환이 생긴다며 여러 예를 들었다. 그 내용이 무시무시해서 아무도 몰래 예쁜 콩돌을 주머니에 넣지 못했을 것이다.

백령도는 온갖 이야기를 안고 홀로 섬으로 있다.

류인혜 | 1984년 『한국수필』 등단

○

나의 이니스프리 섬

유혜자

동네 옷가게에 오랫동안 같은 바다 사진이 걸려 있었다. 수평선에 갈매기가 날고 한쪽에 섬이 떠 있는 단순한 것이었다. 여주인에게 좀 멋있는 것으로 바꾸라고 했더니 "좋잖아요? 저 섬은 행복만 있을 것 같아요." 한다.

좁은 가게에서 잘 풀리기를 바라며 상상으로라도 채색해보는 일이 어찌 그녀만의 일일까. 나도 예이츠의 「이니스프리의 호수 섬」에서 "나는 이제 일어나 가리 이니스프리로 가리/ 나뭇가지 엮어 진흙 발라 거기 오두막 하나 짓고/ 아홉 콩이랑, 꿀벌 집도 하나 가지리/ ……" 등 구절보다도 이니스프리는 아늑하게 품어줄 수 있는, 낙원 같으리라고 상상하곤 했다. 평화롭고 신비로운 섬, 호수에는 설화가 서려 있고, 마을엔 찔레꽃 덩굴과 올리브 열매가 영그는 남국의 멋이 풍기고 홍방울새 소리 청량한 곳.

더블린에서 태어난 예이츠는 도회 생활 속에서도 유년 시절을 보낸 외가에서 가까운 아름다운 이니스프리 섬을 이상적인 곳으로 간직했다. "나는 10대 시절에 작은 섬 이니스프리에서 『월든 : 숲속의 생활』의 작가 헨리 소로우를 모방하여 생활하려는 야심을 가졌었다. …… 나는 물방울 소리를 듣고 호수물을 연상하고 서정시 「이니스프리 호수 섬」을 썼다."라고 자서전에서 밝혔다. 나도 이 시를 읽은 감흥으로 또 하나의 좋은 글을 쓸 수 있다면 얼마나 좋을까.

이제는 이 시를 읽고 좋은 글을 쓰지 못하는 무능을 안타까워하기보다 이니스프리를 낙원으로 상상하던 것을 수정해야겠다. 그 섬에 대한 환상보다는 나 자신이 혼자 떠 있는 섬이 아닐까. 군중 속에 있지만 섬에 혼자 있는 듯한 외로움에서 벗어나기 위해 소통하며 좋은 관계를 위해 노력해야 할 것이다.

옷가게 주인이 바다 그림을 보면서 행복한 미래를 꿈꾸듯이, 나는 섬처럼 외로운 존재로서의 정체를 인식하고 내가 나갈 방향을 찾아보아야 할 것이다.

나의 이니스프리 섬은 아득하게 꿈꾸는 이상향만이 아니다.

유혜자 | 1972년 『수필문학』 등단

섬, 길, 벽

◦

꿈꾸는 님의 섬

윤지영

　　　섬 생활은 평온했다. 산야를 깎아 길을 내고 자급자족하는, 큰 걱정 없는 곳이었다. 어느 날, 이상 기류가 몰려왔다. 일 잘하는 일꾼보다 목소리 큰 백수가 잘사는 기현상이 일어났다. 그 중심에 이장이 있었다. 그는 한 번도 경험하지 못한 섬을 만들겠다는 말로 리더가 되었다. 주민들은 기대로 벅찼으나 곧 내 편 네 편 갈라지고 몰상식이 상식을 밀어냈다. 알고 보니 그는 역설의 대가였다.

　　뒤늦게 주민들은 그 모호한 언어를 되작여 보았다. 한 번도 경험하지 못한 섬? 그곳이 어디일까. 토머스 모어가 꿈꾸는 유토피아인가, 홍길동이 들어간 율도국인가, 해탈의 섬 이어도인가. 알고 보니 그곳은 상상 밖의 집값이 존재하는 영역이었다. 게와 망둥이들이 집 없이 떨고 있는 곳이었다. 현실로부터 멀리 떨어진, 섬의 가장 높은 언덕에 앉은 이장은 「한산섬 달 밝은 밤에」를 읊고 있다. 암송이 아니라 A4용지를 읽는 소리다.

　　그는 보기보다 로맨티시스트였다. 사랑하는 1인에게 능력 밖의 완장을 채워 곁에 두었다. 이에 애자는 백골난망이외다. 죽어 저승에 가서라도 결초보은하오리다, 하며 섬의 수호신 '인의예지' 뽑아내고 '내로남불'을 심었다. 후손에게 남길 역사적 과업에 이장은 묵언으로 흡족해한다.

　　이장은 오늘도 고지대에 홀로 앉아 원양을 조망하고 있다. 너울성 파도가 다가오고 있다. 그러거나 말거나 일체의 다른 일엔 무관심한 그다. 오직 마음의 빚을 진 임과 함께 가야 할, 아름다운 낙도를 그릴 뿐이다.

윤지영 | 1992년 『문학예술』 등단

○

차 속에서 동화를 들으며
-홋카이도 노보리베츠에서

唯史 이경희

　　1997년 10월, 한국여성문학인회의 추은희 회장의 주선으로 홋카이도 문학 기행을 마치고 온천장으로 유명한 노보리베츠에 다녀왔다.

　　노보리베츠는 과연 온천장으로서 유명할 만했다. 사방을 둘러싼 산이며, 계곡들은 그곳이 화산 지대임을 알 수 있었다. 땅 곳곳에서 새어 나오는 허연 김은 땅 밑에서 흐르는 온천수가 얼마나 많은지를 실감케 했다. 도오야 호수와 시코츠 호수가 있는 곳은 국립공원으로 정해진 자연 그대로여서 나무들로 빽빽했다. 버스 창밖으로 보이는 것은 그저 산과 계곡과 나무들뿐, 그리고 가파른 고갯길이었다.

　　"저건 무슨 나무죠?"

　　옆에서 나처럼 창밖의 나무들만 보고 있는 아동문학가 신지식 선생에게 물었다.

　　"일본말로 '나나 카마도'라고 하는데 우리말로는 무어라고 하는지 모르겠어."

　　빨간 열매가 달린 나무 이름을 신 선생이 알고 있는 것이 놀라웠다. 일곱이라는 '나나'와 부뚜막이라는 '카마도'의 '나나 카마도'인데 왜 그런 이름이 부쳐졌는지는 모른다고 한다.

　　"빛깔이 일곱 번 변한다는 것인지?"

　　신 선생은 혼잣말로 그렇게 말했지만 자신 있는 대답은 아니었다.

　　"저건 일본말로 '사사'라고 하는 산죽山竹인데 우리말로는 뭐라고 하더라?"

　　나무 이름을 많이 알고 계시네요, 하였더니 동화를 쓰려면 나무나 새 이름들을 알아야 한다는 신 선생의 대답이다.

　　창밖의 나무숲을 바라보던 신 선생이, 홋카이도에 오니까 아이누 얘기를 다

룬 동화가 생각난다면서, 동화 하나를 들려준다. 동화 제목은 '코탄의 피리 소리'. 코탄은 아이누어로 '마을'이라는 뜻이라고 한다.

아이누의 어린애가 난롯가에 앉아서 할머니로부터 옛날이야기를 듣는 것으로 시작하는 동화이다.

> 산속에서 계수나무가 자라고 있었습니다. 가을이 오자 계수나무는 황금빛으로 잎이 노랗게 물들었습니다. 노란 낙엽들은 바람에 실려서 멀리 산속 깊은 곳으로 날아 가서 땅 위에 떨어졌습니다. 땅 위에 떨어진 낙엽들은 그곳에서 긴 겨울을 지내는 동안 썩어서 흙이 되었지요. 그러나 그중에 힘없는 나뭇잎들은 날아가질 못하고 바로 나무 밑에 흐르고 있는 시냇물에 떨어졌습니다. 길쭉한 물 국자 모양의 잎사귀는 시냇물에 떠내려가면서 물고기로 변했습니다. 바로 그 물고기 이름이 카지카鰍라고 하는 것이지요. 등에 구름무늬를 하고 있는 잿빛의 카지카는 비늘이 없고, 아주 작고 예쁘게 생긴 물고기인데 맑고 깨끗한 시냇물에서만 산답니다.

아이누의 전설 동화 '코탄의 피리 소리'를 듣는 동안 우리는 어느새 진짜 아이누족이 사는 민속 마을에 도착했다. 그곳에서 우리는 아이누의 민속춤과 음악을 들었고, 그들이 사는 움막집에도 들어가 보았다. 그 옛날, 학대를 받았던 원주민 아이누족이 이제는 얼마 남지 않은 그들의 땅을 보호받으며 살고 있지만, 왠지 그들이 살고 있는 모습이 서글펐다. 이제는 그들의 얼굴에서 아이누족의 광대뼈와 누런 피부 빛깔을 찾아볼 수가 없었다. 그들이 관광객을 위해서 부는 단조로운 피리 소리가 슬프게 들렸기 때문인지 모른다.

작고 가느다란 대나무를 입에 물고, 손가락에 감은 실로 대나무를 긁으며 내는 피리 소리 – 그것은 겨우 맥을 잇고 살아남은 아이누족의 애환의 소리였다.

차 속에서 동화를 들으며.

이경희 | 1970년 등단

초록섬에 착륙하다

이명지

작년에 이사한 전원 살이가 참 행복하다고 너스레를 떠는 내게 친구가 "니는 원래 촌아 아이가!" 하며 내 환상을 바사삭 깨트렸다. 나를 촌뜨기로 격하하려고 한 말이 아니란 걸 안다. 그 뒤로 "니는 과수원집 딸 아이가!"로 조금 자존감을 세워주었으므로.

나는 시골에서 태어나 자란 걸 자랑스러워한 적은 있어도 부끄러워해 본 일이 없다. 글쟁이에게 초록 배경은 축복이라고 생각해왔다. 그런데 왜 친구의 '촌아'라는 말에 불편한 기억이 소환됐을까? 나의 일생 중 시골에서 보낸 기간은 20년, 그 뒤 40년이 넘는 시간을 도시에서 살았다. 그런데 나에겐 여전히 시골이란 정서적 밑 무늬가 더 선명하다.

결혼하고 첫 신혼집이 고층 아파트의 14층이었다. 난생처음 고층에 살게 된 나는 자주 악몽을 꾸었다. 엘리베이터가 멈추지 않고 하늘로 치솟는 꿈. 그런데 그 꿈보다 더 참을 수 없는 건 비가 오면 빗소리가 안 들리는 것이었다. 아무리 세찬 소낙비가 와도, 장대비가 내려도 빗줄기는 창밖으로 그저 무늬만 그리고 땅으로 떨어져 갈 뿐이었다. 나는 공중의 섬에 매달려 사는 기분이었다. 그 불안감은 어느 날 베란다에서 빨래를 널다가 문득 저 아래 땅으로 한 알의 씨앗처럼 떨어져 닿고 싶다는 마음을 품게 되는 데까지 이르렀다.

신랑을 졸라 삼 년 후 1층으로 이사했다. 1층에서 듣는 빗소리의 황홀함을 무엇에 비기랴! 버찌나무 이파리를 두드리는 소낙비 소리, 단풍나무를 쓰다듬는 가랑비 소리, 시멘트 바닥에다 드럼 연주를 하는 장대비 소리, 세상 온갖 것을 두드리고, 켜고, 퉁기는 빗소리는 자연 오케스트라의 현란한 연주였다. 누구도 흉내 낼 수 없는 버라이어티 콘서트였다. 비로소 나는 땅에 안착한 것

섬, 길, 벽

같았다. 다시는 악몽도 꾸지 않게 되었다. 나는 어쩔 수 없는 촌아이였다.

나는 이제 전원 살이로 초록빛 섬에 착륙했다. 빗소리 연주뿐만 아니라 풀 벌레, 새소리 떼창까지 협연하는 자연 오케스트라 연주를 내 창가 브이아이 피 로열석에 앉아 언제든지 들을 수 있는, 날마다 설레는 내 섬에.

이명지 | 1993년 『창작수필』 등단

○

섬마을 아이들

이정엽

　　남쪽 바다 섬마을 금모래 밭에서 아이들이 잡기 놀이를 하고 있었다. 서로 안 잡히려고 내달리며 까르르 깔깔깔 웃는 소리가 마을까지 울려 나갔다. 한 여자아이가 갯벌 쪽을 보며 소리쳤다.

　　"얘들아, 조개 캐러 가자."

　　맨발인 아이들은 우르르 갯벌 쪽으로 달려갔다. 맨손으로 물컹물컹한 갯벌을 저어새처럼 휘젓더니

　　"우와! 이렇게 큰 불통 조개는 처음이다. 그치?"

　　"야아! 진짜 크다."

　　아이들은 잡은 조개를 멀리 던지기 하자며 서로 더 멀리 던지려다가 넘어지고 뒹굴며 온몸은 갯벌 범벅이 되었다. 그 모습을 서로 쳐다보고 어찌나 크게 웃던지 얼굴들이 쫙 벌린 입들만 보였다.

　　멀리서 파도가 밀려오고 있었다. 또 어떤 남자아이가 소리쳤다.

　　"얘들아! 물이 들어온다. 마중 가자."

　　아이들은 다 함께 손을 잡고 뛰어가서 밀려오는 파도를 만났다. 마중 나온 아이들을 만나자 신난 파도가 철썩대며 노래를 부른다.

　　"우리 집에 왜 왔니, 왜 왔니?"

　　"너 찾으러 왔단다. 왔단다."

　　화답을 하며 아이들과 파도는 서로 껴안고 뒹굴며 까르르 깔 깔깔깔!

　　파도가 바다를 구석구석 다 채우자 아이들은 나란히 벗어 둔 신발을 신고 누런 모래 둔덕에 앉아 숨을 고르고 있었다.

　　바다로 들어오는 강물 위에는 파란 물총새들이 포물선을 그리며 춤추고 있

었다. 작지만 파랗고 윤나는 깃털. 노란 가슴, 유난히 긴 부리와 꼬리.

"우와! 진짜 예쁘다. 한 마리 잡아 보고 싶다."

"못 잡아. 저 새가 앉아 있는 건 한 번도 못 봤잖아."

"그래, 맞아! 새총을 아무리 잘 쏘는 사람도 날아가는 새는 못 맞춰."

"오예! 이제 빨리 집에 가자. 밤이 되면 그 둠벙*에서 처녀 귀신이 나오잖아."

"도깨비불도 나와."

아이들은 마을을 향하여 냅다 뛰면서도 까르르 까르르 깔깔깔. 아이들을 기다리던 동네 멍멍이들도 마중 나오며 멍멍, 멍멍멍! 깔깔, 깔깔 깔!

---

* '웅덩이'의 충청도 방언.

이정엽 | 2006년 『아동문예』 등단

이승과 저승의 이중국적자인 어머니의 심중이 궁금했지만 묻지 못했다. 석공이 비석에 이름을 새긴 어머니와 이름이 새겨지지 않은 나는 죽음을 경계로 이방인처럼 느껴졌었다. 팔십을 넘고 보니 그때 어머니에게 묻지 않기를 참 잘했다는 생각이 든다. 늙음이 은총임을 그때는 알지 못했다. 살아가는 것이 아니라. 살아지는 것임을 그때는 알지 못했다.

– 홍혜랑, 「또 하나의 존재양식」 중에서

2

길

고향 가는 길

가영심

산이 들판을 놓아두고 달아나네
들판에 끝없이 이어지는 가슴들

가다가 가다가 그리움 같은
몇 줄기 물과 만나 적시면서
홀로 가는 들꽃 같은 마음

어쩌리, 어쩌리
나 또한 그렇게 가야 하는데
다 떠난 빈 가슴으로 뒤따라오면서
봄의 꿈 틔우고 있는 벌판들

아, 아 사향思鄕의 눈물 묻어가며
가다가 가다가 다시 새롭게 만나는
내 그리운 산천이여.

가영심 | 1975년 『시문학』 등단

강성숙

가을이면 보고 싶은 사람
가지마다 매달고
넉넉한 숨결로 다가서는데

산길 넘어 여린 웃음들이
도란거리는 초가집 쪽마루
옥수수 고구마 끼니를 담은 함지박
별빛 머물던 설렘은 다 어디로 갔을까

추억 밟히는 소리
부대낌 없이 사락사락 들 길섶에는
황금빛 은행잎 눈처럼 쌓이고

허리 휜 아버지 비질 소리
아픔은 다 쓸려 나가고
가슴에 묶어둔 사랑한다는 말
다 하진 못했어도
가난을 엮어가던 아버지의 길
식지 않은 마음의 거울인 것을.

강성숙 | 1998년 『동아일보』 등단

이제 길을 물을 때

강정화

날마다 낯설게 펼쳐지는 길
안갯속같이 아물거리는
산을 오르기 전에
여러 갈래 짙푸름이 유혹할 때도
어린 나무께라도 길을 물어보리라
여름날 강물이 범람하여
어제 갔던 길이 끊어진 광경 앞에서
후들거리며 우왕좌왕 정신없어도
멀리서 들리는 호루라기 소리 따라
길 위에서 길을 잃고 서있는 사람께도
다급하게 길을 물어보리라
이 나이에도 높은 산 깊은 계곡 앞에서는
혹여 내 어리석음에 잘못된 길 만날까
천지신명 부르며 모든 신께 애원하듯
옳은 길 알려주시라 묻고 또 물으리라

강정화 | 1984년 『시문학』 등단

산책

고연석

어머니 품속을 걷는다
봄 여름 가을 겨울
꿋꿋하게 제자리를 지키는 숲.

걷던 길 멈춰
숲속 영혼에 귀 기울여 보면

인고의 모성애가
하늘빛 생명 창조, 조율하듯

천둥번개 묵묵히 견디며
아픔 보듬어 꽃피우고

자애로운 여인의 영감으로
잿빛 세상을 파랗게 깨운다.

고연석 | 2013년 『한국대경문학』 등단

길

권소현(귀준)

낙엽이 떨어진다
나는 걷는다 그 위를

살포시 스치는 숨결
한 녘 서운한 여운으로 다가온다

못다 한 말 한마디 있을 것 같은
무슨 말인가 듣자 하면

벌써 사라져 찾을 수 없는
드높은 창공의 미소가 부끄러워

미완의 해후
바람이어라
바람이어라

우주의 숨결 바람이어라
한가슴
서운케 하는 바람이어라

권소현 | 1993년 『문예한국』 등단

_ 여름이 가네

권현수

능소화 진 자리를
벗은 발로 건너며
돌아보는 너의 어깨 너머로
젖은 내 마음 실어 보낸다

타는 불꽃으로 너울진
해거름 골목길에서.

권현수 | 2003년 『불교문예』 등단

길

아카시아 나무 지게에 지고
아버지는 산길 넘었으리

이 길에
밀짚모자 쓰고
삼베 중외적삼 입은
아버지의 흔적 남았으리

콩. 팥 아카시아 나무
지게에 받쳐놓고
땀 씻던 길

이 길에서
저 세상 가신
아버지의 숨결 찾을 수 있으리
그리운 아버지를
목메어 불러 보리

권희자 | 1999년 『자유문학』 등단

길 2

금동원

아직도 사람을 살피는 나이
사람이 사는 길에서
까마득하게 멀다

바람에 섞여버린 이정표
소란스러움 속에 깃든 침묵
발걸음 마다마다 호흡이
사라진다

한동안 길을 잃고도 돌아설 수 없었던 것은
돌아간들 그 길은 맞는 것일까

깃털 하나가 허공을 가른다
햇살의 무게로
꽉 차오른 완전한 포만감
고요하다

금동원 | 2003년 「지구문학」 등단

길은 바람에도 있다

김귀례

친구야 우리 지금 어느 길을 걸어왔나
너와 나 첫걸음이 몇 뼘 남짓 하더니
이제와 헤아려 보니 별과 별만 같구나

이 산에 꽃이 피고 저 산에 새가 울고
같은 하늘 아래 우리가 있건마는
그 무슨 사연이라고 바람길만 텄느냐

우리는 가고 있고 냇물 흘러 그냥 가고
모래알 반짝인다 제 홀로 쓸려 가듯
나 또한 세월을 간다 저기 구름 간다

김귀례 | 2000년 『시조생활』 등단

귀빈로貴賓路

김규화

길은 길에 이어져 있어
시청으로 가도
공항으로 가도
중앙청으로 가도…

어떤 이는 시청 안으로
품어 들고

어떤 이는 시청을 등지고
밖으로 나가고

그리하여 어디든 하나로 통하여
길을 걸으면서
길을 찾아서
사는 모습을 보이고…

김규화 | 1966년 『시문학』 등단

모두는 집으로 간다

김근숙

여행길 끝나 가면
슬슬 집으로 돌아갈
채비를 해야 하는데
선물 준비 못 한 빈손이
자꾸만 내려다보입니다.

돌려줄 것 돌려주고
비워낼 것 비워내며
고운 미소 겸손하게 보내야지요.

내 가진 것 중에서
제일 크고 부드러운
감사의 보자기를 고루 펴
모두를 다 덮어주는
너그러운 이 밤이고 싶습니다.

우리 모두는
집으로 가는 길에 서 있습니다.

김근숙 | 1960년 『여원문학상』 등단

_ 붉은 비렁길*

김금용

너는 지나가는 바람이었고
머문 적 없는 비였고
잠든 적 없는 별이었으므로

바닷내 푸른 미역널방에서 미끄러지고
붉은 동백숲에서 길 잃는구나

앞서 떠난 파도가
되돌아오며 발목 잡는
숨찬 비렁길에 들어서면

---

* 전라도 방언으로 여기선 금오도의 벼랑길을 가리킨다.

김금용 | 1997년 『현대시학』 등단

익숙하게 또는 다르게

김미녀

걷지 않던 길을 걸어 보았다
분꽃과 채송화와 까마중 열매 같은,
그냥 지나쳤던 것들이 조금씩
사라진 작은 서점과 새로 생긴 꽃집
몰랐던 그런 것들이 하나씩 눈에 띄었다
세상이 가르쳐준 골목은 아니었으나
익숙하게 또는 다르게
나는 가끔 걷지 않던 길을 걷는다
돌고 돌아서 집으로 오듯이
그리운 너에게로
지치지 않게 가는 시간을 걷는다.

김미녀 | 1993년 『월간문학』 등단

_ 길

김미정

각각인 줄 알았는데
걷고 보니 한길이네

너는 돌아서 오고
너는 곧장 오고
너는 뛰어서 오고
너는 천천히 오고

저어기 바로 저곳
저녁놀 드리운 길
그대 거느려 온 생의 향기
어디메 마른 개울 적시었나

아득한 그리움
억새 머리 나부끼는 길

김미정 | 1993년 『문예사조』 등단

토요일 점묘

김민정

미장원에 눌러앉아 자란 세월 잘라 낸다
숱 많던 머리카락 새치도 늘어나고
고단한 삶의 일상에 윤기도 좀 잃었거니

발밑에 떨어지자 낯설고 어색하다
한때는 내 것이던 일부가 아니던가
냉정히 쓸려 나간다, 내가 놓친 흔적이

곰비임비 허둥대다 한철을 다 보내고
또 그만큼 자라나서 내 등을 밀던 그것
드르륵, 문을 나서며 출발점에 다시 선다

김민정 | 1985년 『시조문학』 등단

섬, 길, 벽

＿ 인생

모두가 가는 길을
나도 끼어 걸었다

바삐 걷느라
뒤도 보지 못한 채
너무 많이 와 버린 길

쪼끔 남아 있는 길을
고무줄로 바꿀 수는 없을까

김보림 | 1989년 『문학공간』 등단

참 길道을 찾아서

김수자

삶이란 미로에서 앞도 분간 못 하고
도처가 길인데도 미망의 더듬이질
멀쩡한 청맹과니로 오늘을 살고 있다.

비바람 눈보라를 헤치고 살아오며
어디를 왜 왔는지 또 어디로 가는 건지
선택의 갈림길에선 아직도 서성인다.

걷는 길 생각의 길 마음의 길 진리의 길
올바른 길 찾는데 욕심은 늘 걸림돌
가벼운 마음 하나만 길벗 삼아 가리라.

김수자 | 1983년 『시조문학』 등단

_ 세밑에

김숙희

쌓다가 허물다가 무수한 발자국들
열두 달 행간마다 그림자 지나간다
정갈한 시간의 갈피, 쌓인 말이 오롯하다

창가에 아롱지는 한밤중 내리는 눈
어느새 머리맡은 눈 이불로 소복하고
잊으려 두고 온 것들, 눈송이에 매달린다

김숙희 | 1998년 『시조생활』 등단

길

김여정

길에 선다
수많은 길 중에 들풀꽃 자잘히 피고
실개천 잔잔히 반짝이며 흐르는
한적한 시골길에 선다.

이렇게 호젓이 나만의 길에 서면
투명한 시간이 영혼의 거울이 되어
영원한 나의 길이 보이고
그 길섶에 개망초꽃 들찔레꽃 자잘한 웃음 보이고
맑은 실개천 속 하얀 자갈 빛나는 꿈 보이고
맑은 개울물에 내려와 눈매를 빛내는 하늘이 보이고
그 하늘 속에 내가 사랑하는 사람들의 얼굴이 보인다

영혼의 거울 속에서 이루어지는
자연과의 친교의 시간
그 나만의 길에 서면
고독한 행복이 꽃구름이 되어 물 위를 흘러간다
꽃구름이 단비로 내릴 때를 기다려
나만의 외로운 축복의 길에 선다.

김여정 | 1968년 『현대문학』 등단

꿈꾸는 꽃길

김영자

단풍잎이 날아가며
팔랑팔랑 춤을 춘다.

한 겹 꽃잎으로
온 산을 붉게 물들이며

순이 일기장에 책갈피가 되어볼까
땅속 씨앗의 꼬까 이불 되어줄까

향긋한 숨결로
세상을 가득 안고

날아가는 단풍잎은
꿈꾸는 꽃이다.

김영자 | 1966년 『경향신문』 등단

_ 길

김옥애

백련사의 동백꽃들
떨어져서 길을 덮었다.
밟고 지나가면
꽃들이 아플까 봐
손으로
쓸어가며 길을 만들었다.

김옥애 | 1975년 『전남일보』 등단

금쪽이의 길

김은자

나침판 잃은 어둑한 아침
가느다란 아홉 살 소녀의 비명, 벽을 친다
더러워 저리 가!
더러워 씻어 줘!
동굴 속, 무섭게 쫓아다닌 거역할 수 없는 그 무엇
무릎 꿇은 간절한 눈길 손길 뒷걸음쳐 어둠의 길 헤맨다.
꽃잎 이지러져 뭉텅뭉텅 쏟는 저 폭풍 같은 언어들
도대체 무엇을 앞장서서 기억하기 때문인가요?
노란 햇빛 시냇물에 웅크린 절규의 심장, 맑게 펴
둥근 보름달로 떠오를 수는 없나요
힘껏 일어나 하늘과 땅 사이 청명한 웃음 길
달려가는 생명 부둥켜안을 날 언제쯤

파다하게 모여든 보석 상자 속
떨림과 울림의 금쪽 처방
청청한 띠를 단단히 맵니다.

김은자 | 2020년 계간 『문파』 등단

천리길 그날 그때

서울에 공부하러 왔던 꿈 높고 싱그러운 열일곱 살,
한강은 이미 박살 났더라, 염천炎天의
山河와 함께 통곡도 지친 죽자살자 100보 만 보
누가 이 험악한 나락으로 날 밀어 넣었나
소리소리 질러 나라 원망하다가 나보다 더
불쌍해진 우리나라

처음 만난 우람한 산줄기 아쉬웁게 돌면
굽이굽이 황톳길은 불 햇덩이 아래 널브러진 시체들
탱크 밑에 깔린, 오~ 하나님, 차마, 마른 어포 같은
흙 군복, 웅덩이 옆 진흙 속에 찌그러진 군화 한 짝
맴맴맴 거악巨惡을 저주하며 울어주던
매미와 둘이서 피눈물로 두 손 모으던 그 산마루

잊힐려야, 몸은 기억한다, 날마다 가슴 에이게
너무나도 살려고 서럽던 배고픔
뼈에 사무친 잠잘 수 있는 집 가족들,
쓰러지기 전 집에 닿았더라, 그 저녁
보리죽 첫 숟가락에 목젖에 걸린 감사와 기쁨 슬픔이
범벅된 채 삼키지 못했네

구비마다 기적을 빌던 죽음 안의
낯선 길 헤맨 길 눈물길에

인생의 계란 노른자의 황금시간을 잃었어라,
집에 왔는데 나 살아 돌아왔는데
정겨운 말 잊은 채 내일을 찾으려
청마루만 말없이 닦고 닦던 71년 전

햇빛도 오래되면 역사歷史가 된다 했던가
그 많은 죽음들이
우릴 부양해 왔어요!

김정원 | 1985년 『월간문학』 등단

유도화 가슴 설레는 길

김정조

아드리아해 스플릿*에서 만난 백일홍 닮은 유도화
옛 선비들이 좋아했다던 백일홍

인삼을 팔러 유라시아를 다니던 개성 상인들
이곳 왕에게도 왔을까?

눈부시게 푸른 햇살과 진분홍꽃에 심쿵하는
유라시아를 꿰뚫고 다니던 방랑자들도
흙을 밟고 또 밟으며 바다와 꽃
금발의 이방인을 보러 왔을 것이다

가보지 못한 길도 언젠가 걸어본 듯한
세상의 길은 이어지고 또 이어져
꽃 피는 소리 들리는
체온으로 다져진 길

* 크로아티아 남쪽의 항구도시.

김정조 | 2005년 『경기문학』 등단

산길을 내려오며

素心 김정희

눈앞에 선 저 천왕봉 흰 이마를 반짝여도
봄 노래를 부르는 칠선계곡 물소리
더불어 내려가는 길 산수유가 반기고

등구마천 깊은 골은 별유천지 열렸어라
정釘 끝에 불꽃 튀기며 새겨놓은 마애불
그윽한 그 옛 모습은 빛둘레를 둘렀다

등 떠밀던 어린 햇살 산마루에 걸렸어라
돌아갈 기약 두고 흔적 없는 내 발자취
비탈진 내리막길엔 빈 하늘만 나부낀다.

김정희 | 1975년 『시조문학』 등단

제3의 길

김종희

나는 지금 지구라는 거대한 배를 타고
끝 모를 우주의 바다에 떠 있다
배는 얼마나 빨리 달리는지
날마다 머리 위로 해가 미끄러지고
밝은 달은 어둠 속으로 굴러떨어졌다가 올라오고
별들은 밤마다 갑판 위에 쏟아져 반짝이었다

배 안에는 온갖 이야기들 샘솟고
창문을 열지 않아도 솔바람 소리 벌레 소리
날아가는 온갖 새소리 다 들린다

해를 바라고 달빛을 입으며
별들 사이를 가르며 가는 우리들
세상에 영원한 두 갈래 길, 밝은 길 어두운 길
그 두 길 너머 아직 그 모습 보이지 않는
또 하나의 길, 제3의 길
그 길로 향한 내 마음 결코 시들지 않아

김종희 | 1982년 『시문학』 등단

비대면의 길목

김현지

세계로 뻗어가던 길들이 하나씩 문을 닫는다.
문을 잠근다.
장터엔 장이 서지 않고 회당엔 사람이 모이지 않는다
길이 있어도 아무도 오지 않아
창문만 빼꼼히 열고 내다보는 사람들

움직이지 마, 만나지도 마,

적들은 요리조리 추적 장치를 빼돌리고
이 길 저 길 기웃거리며 탐색 중인데
흑백필름 속을 걸어가듯
만나지 못하는 이름들만 차곡차곡 저장돼 있는

손바닥 안의 주소록만 만지작거리는…

김현지 | 1988년 『월간문학』 등단

길

草祐 김형애

수많은 길이
유혹誘惑

자갈길
발바닥의 고통苦痛 느끼며 걷는다

비포장 길
흙먼지로 질식할 것 같으나 걷는다

정글의 숲길
싱그러운 바람과 숲의 향기 있으나
도처到處에 숨어 있는 야생동물, 허나 걷는다

벼랑 끝 꽃길
꽃만 바라보며 걷다가 낭떠러지기 일쑤

가야할 길은
생명수生命水 흐르는 길
그분 계셔 평안平安한 길

김형애 | 2010년 『조선문학』 등단

길

– 대선을 앞두고

나순옥

하낭다짐 받아 봐라
당선만 되고 나서
蓄財에 목숨 건들
쫓아낼 힘이나 있나?
게다가
그 손에 쥐어진 검이
우릴 향해 겨눈다면?

날름대는 눈 비움에
휘감겨 말려들어
백날도 못 채우고
차흡다 하지 말고
가늠 힘
몽땅 짜내어
슬기 모을 길밖에~

나순옥 | 1994년 『조선일보』 등단

달팽이의 길

문복희

집 한 채 등에 지고 느리게 기어간다
풀잎에 매달려서 낮은 곳을 바라보니
몸 하나 가릴 수 있는 작은 집이 소우주

비가 오는 날이면 세상이 그리워도
좁은 길 지나가며 서두르지 않는다
눈물이 물방울인 걸 알고 있는 달팽이

문복희 | 1999년 『시조생활』 등단

트렁크 나무

문 설

환삼덩굴이 서로 몸을 섞자 순간 길이 사라졌다
멈춘 길 위에서 누군가의 몸을 들여다본 적 있었다
화려한 옷을 입고도 외출할 수 없었던
불가해한 숲을 빠져나가려다 마주친
그때 나무는 깔깔한 털갈이로 변신 중이었다
두텁고 딱딱한 환영 속으로 벌레들이 뚝뚝 끊긴 길을 물고 있었다
나무에서 꽃이 필 때 혹은 질 때 오래된 바람을 만나듯
환삼덩굴은 셀 수 없는 다리를 들어 반겼다
숲의 끝에 기다랗게 죽은 트렁크 하나 놓여 있었다
죽는다는 것은 나이를 내려놓는 것
속에 아무것도 들여놓을 수 없는 것 살아서도
죽어서도 떠날 수 없다는 것 환상은
누워서도 아파서도 사라진 길에 누운 숲의 마중
벌레에게 몸을 내어준 트렁크 나무
까맣게 여행 떠날 채비를 하고 있었다

문 설 | 2017년 『시와경계』 등단

길 위의 사랑

박갑순

길을 찾지 못하는 사내에게
목적지에 도착할 때까지
친절한 서비스는 기본

그녀가 알지 못하는 길은 길이 아니다

낯선 도로는 시간이 필요하다
새로 닦은 길에 갓 지은 건물을 주문했다간
허둥대는 그녀를 달래기 위해
진땀을 흘려야 한다

애교 섞인 그녀의 한마디
다음 약속까지 직진입니다

의심 없이 달려가면 향기로운 꽃길
사랑은 변덕을 좋아하지 않고
안전한 관계는 순종할 때 지속된다

박갑순 | 1998년 「자유문학」 등단

유턴

박성금

낙엽 쌓인 무더기를 쓸어안고
석양빛에 불을 지피면
붉은 노을은 산 능선을 넘는데
밀렁이는 강줄기에 가을 산은
침전되어 채색되고 있다

나이가 무거워질수록
세월의 뒷자락에 숫자만 저축하듯 늘어나고
돌이킬 수 없는 것들은 화석처럼 견고해지고
버리지 못하는 마음의 조각들 허공만 훔친다

이제는 돌아봐도 역행할 수 없으니
보낸 것들을 긴 그림자로 동여매고
잃어버린 시간을 찾아 돌아가고 싶다
유턴을 하고 싶다

쉬엄쉬엄 좌회전 우회전 살피면서
노을 진 여정의 길 위에 넉넉한 삶을
채우면서 유턴을 하고 싶다

박성금 | 2018년 『순수문학』 등단

소나기 지나간 숲길은

박수화

매미 울음에 젖어 촉촉하다
자박자박 숱한 발자국들에 흙길이 딱딱해지고
걸음마다 일상의 흙먼지가 묻어났다
비에 젖어 흙살은 부드럽다,
근린공원 둘레길보다 흙을 밟는 단지 내
오솔길을 사람들이 걷고 싶어 했지
뒷산까지 마스크 하고 나가지 않아도 좋다

밭이랑을 바다 둑길을 둘러 걸어 한평생
일터로 장터로 바삐 사셨던 어머니의 길,
새끼줄로 펼치면 신작로 어디까지
그 길이 뻗어나갔을까
짙푸른 여름 나무들 길 사이 맥문동 꽃밭은
빗방울 머금고 보랏빛 꽃들로 용모가 단정하다
어머니의 박꽃 웃음 같은 하루해가 성큼 저물었다

박수화 | 2004년 『평화신문』 등단

그런 곳에서 살고 싶다

박영하

잊혀진 시간을 찾아 나설 것이 아니라 할 수 있는 일에 정열을 바치는 편이 현재를 살아 움직이는 일 사람들은 이루지 못할 일들에 전전긍긍 시간을 소비한다 획기적인 일 그 일을 향해 숨 쉬고 있다는 걸 증명하자 먹고 싸고 항상 같은 일상 오늘은 무지개가 피고 상상할 수 없는 일이 일어나는 그런 곳에서 살고 싶다 만들어 가야지 만들어진 곳에서 쉬다 가지 말고 길을 가르며 나만의 미지의 세계를 꾸려 가야겠다

박영하 | 1988년 시집 『의식의 바다』 등단

사람

박옥임

서늘한 바람 앞에서
사람을 만나고 싶다
서로를 마주 보며
이 마음이 그 마음임을
눈으로 말하고 있는 그런 사람

잃어버린 꿈
사라진 시간
아쉽고 아플지라도
떨어 버리었노라
그럴 수밖에 없었노라고
끄덕여주는 그런 사람
만나고 싶다

박옥임 | 2012년 계간 「문파」 문학 등단

섬, 길, 벽

무거운 실존감

박원혜

엄청나게 인생이 우울하군
암울한 상태에서 벗어나려는
시도를 나는
진리 타파 쪽으로 갔군
개인의 힘으론 어림도 없다는 걸
진이 다 빠져나갈 때쯤인 요즘에
들어서야 겨우 직감 비스무레하게
하고 있군

무거운 실존감
우울한 실존감
운 좋게도 실낙원의 행패를 간혹은
마주치고 있군

박원혜 | 1998년 『시대문학』 등단

오래된 여정

박윤영

손금으로 비눗물이 스민다
어젯밤 눈을 감지 못하고 있던 내게
소리 없이 스미던 새벽처럼

눈이 퀭한 왼손잡이는 연필을 잡고
오른 손바닥의 어지러운 길을 따라
수천의 행선지를 그렸다 지우기를 반복했었다

아
비누의 몸뚱이를 녹인 것은
손바닥 위 운명선이 아니라
외로운 체온이었나.

숱한 여행은 돌고 또 돌아도
결국 내게로 오는 길
그리고 그 길은
끝끝내 그대에게 가는 길

어느 겨울날, 시린 손을 잡아주던 그대가
골목 어귀에서 튤립 한 묶음을 건네던 그대가
안녕, 하고 돌아서는 나를 잡지 않던 그대가
커다란 몸을 웅크리고 울던 그대가
비누거품처럼 둥그렇게 피어올라

아주 오래된 낡은 행선지

지우러 가는 길이
만나러 가는 길이 되어 버리는

박윤영 | 2006년 『자유문학』 등단

길을 잃었다

박정하

길을 잃었다
마치 꿈속에서처럼 길을 잃었다
마을 뒷산
엊그제 처음 갔던 산길을
한 발짝만 더 갔으면 됐던 길을

경비아저씨가
"길 없는 길이, 어디 있냐고"
친절하게 알려 줬다

다행히
꿈이 아니어서 좋았다.

박정하 | 1998년 「지구문학」 등단

섬, 길, 벽

새벽 이슬길

박정희

풀잎 촉촉한 새벽 이슬길
사뿐사뿐 발자국 옮기는 비둘기
풀잎도 한 바퀴 고개를 든다
나란히 엎드렸다 일어선다
해맑은 이슬방울 눈 비비는 새끼 비둘기
하늘의 뭉게구름 올려다보자
앞질러 흐르는 새틸 바람 따라
올랐다 내렸다
다시 한번 사뿐사뿐
발자국 한 바퀴 돌자.

박정희 | 1958년 『현대문학』 등단

행복의 길

대여섯 살 무렵부터 시작된 길 위에 나는 아직도 서 있다
고사리 손을 펼쳐 손가락 짚어가며 또박또박 책을 읽을 때면
커진 내 목소리만큼 아버지 칭찬의 박수 소리도 커졌다
책을 많이 읽어야 사람이 된다
책 속에 길이 있다고 했어
그 길을 따라가야 성공할 수 있단다
어린 나는 아무리 생각해도 알 수 없는 말이었지만
마술에 걸린 듯 틈만 나면 책을 잡고 앉아 길을 찾았다
어릴 때 놀음처럼 손가락 세워 행간을 짚어가며
이 길, 저 길, 구부러진 길… 60년을 헤매고 있다
아버지 말씀하신 성공의 끝은 어딘지 몰라도
책을 펼치고 앉으면 무한히 행복하니
참 좋은 길임에 틀림이 없다.

박종숙 | 1992년 『시대문학』 등단

그분 찾아 가는 길

박현자

걷고 걸었네
길 없는 길을 찾아
지도도 나침반도 없이.

비가 내리면 빗속을 달리고
바람이 불면 바람에게 길을 물으며
눈이 내리면 눈길을 걸었지

때로는 호젓한 산길에 숨어 핀
들꽃의 향기에 피곤을 잊었고
험한 산길 갑자기 나타난 낭떠러지에선
길을 잃고 헤매기도 했었지

이제, 가야 할 남은 길은 오직 한 길
그분을 만나러 나는 가네

기쁘기도 두렵기도 하지만
나, 가서 그분의 품 안에 덥석 안기어
영원한 잠 속에 빠져들리라.

박현자 | 2001년 『한국시』 등단

길

살아가기에는 몸에도 길이 있어
아들 딸 키우며 수고와 베풂의
손길, 부지런해야 하고

이웃과 친구들과 나누던 미소의
눈길, 늘 따뜻해야 하고

학문 익히기 위해 찾아다니던
발길, 또한 넓혀야 한다

젊은 때는 땅에서만 길을 찾아
헤매지만
인생의 나이 느지막하면
하늘길, 찾는다
천지자연에 거짓 없는 하늘의 길
우러러보며 믿고 사는 것이다

서근희 | 1989년 『문예한국』 등단

_ 길

신미철

길을 걸어간다

세상에는 많은 길이 있는데
내가 걸어가는 길은 어떤 길일까?

큰길
작은 길
숲속 오솔길―

그 많은 길 중에서 새소리 들리는
오솔길을 걸어가고 싶다

푸른 하늘과 나무들을 바라보면서
걷고 싶다

파란 하늘은 나의 영원한 꿈!
밤에는 반짝이는 별을 바라보면서
꿈을 향해 걸어간다

오늘도
영혼의 고향을 향하여 걸어가는
조용한 나의 발걸음―

―쉼 없이 걸어가고 있다.

신미철 | 1983년 『심상』 등단

길 위에서 길을 가다

신영옥

길 위에서 꿈을 안고 길을 찾아가는 길
어수룩한 시간의 정거장에 초대받은
내 시간의 쓸쓸한 흔적
'마음 가는 데 길이 있고 좋은 길에 마음이 간다.'
수많은 사람들이 찾아 나서는 길
같은 듯 다른 우리들의 맥락은
대자연 숨소리에 고개를 숙일 줄 아는
순수의 여지餘地가 되기를
그 너른 품에 불러보는 참신한 가을 모서리
돌아오지 않는 것은 그리움이라고
기다리는 것은 모두가 사랑이라고
유리벽 쌓아 올린 고층빌딩 안과 밖 땅속 풍경 너머
우주로 길을 여는 4차원의 세계
한적한 산길에 피어나는 들꽃을 보듬는 손길 되기를
촉수 높여 당부하는 오늘의 여로旅路.

신영옥 | 1994년 『문학과의식』 등단

고향 바닷길

신주원

꿈속 그물망으로 들여다보이는
바다 내음의 옥문
도루묵이 알미역이랑을 토해낸다.
입은 채로 풍덩
조개들끼리 개구리 수영 그 시절 그립다.

마을 앞 바닷길 가시철망 걷혔다.
대포항 앞 물이랑 밭은 메워져 일어나고
어느새 소상공인 상가들만 즐비하다.
가장 멋져 보이던 우리 집은 의외로 작아 보이고
어디서 옮겨왔는지 빌딩 상자 마을이다.

傘壽가 되면 돌아와서 살고 싶은 東鄕 해안길.

신주원 | 2001년 『문예사조』 등단

길은 나를 버리고

심상옥

이 세상에 주인은 없다
주인이 되어
떠나가는 나그네가 있을 뿐
나그네요
나그네요
지친 길이요
길은 나를 버리고 다른 길을 간다
다른 사람 길을 버리고 어디든 간다
다시 길을 지우고 가는 바람 소리
백 년 전 자미나무도
제 길로 돌아가고
문득 돌아보니
길도 없다
길 얻지 못한 몸
나는 이미 나그네 한 벌 걸쳤구나

심상옥 | 1982년 시집으로 등단

익산 가는 길

양점숙

빗줄기도 바쁜가 차창을 치고 간다
흐린 하늘에 속절없이 날리는 꽃잎들
달리는 버스 속에서 그 사람이 웃는다

꽃도 지면 다음 해 다시 환히 피는데
떠나간 사람도 때 되면 온다는데
맘 변한 사랑일까요 전화 한 통 없네요

꽃 마중 간다던 그는 어디에도 없다
단풍 지는 고도 허공처럼 막막해
외롭고 울고 싶어서 또 익산에 갑니다.

양점숙 | 1989년 〈이리 익산 문예 백일장〉 장원 등단

길

양효원

너를 만나기 위해 길을 나선다
너에게로 향하는 마음 하나로
너를 만나면서 나를 만나게 되었다
만남의 길 위에서 시간은 흐르고
온갖 새들이 우짖고 꽃들은 피어나고
강물이 바다를 향해 가듯이
우리의 마음도 넓어졌다
이제는 우리의 길도 넓어졌다
동행하는 사람도 많아졌다
길 위에서 길을 만났다
사람이 길인 것을
이제야 알겠다

양효원 | 1992년 『시와의식』 등단

안개 핀 들길

엄영란

안개를 뭉갠 발이 시리다
그 들길에 서면

어제 봄 논둑길을 걸어올 땐
모내기할 무논에 올챙이들 노닐었고
노고지리 소리 들려와
그림자들과 놀았었다 돌아서 돌아서 들길을 걸었다

지금 서성이는 이 길
눈앞은 그와 다를 것이 없는데
돌아보면 뽀얀 지우개처럼 안개꽃이 핀다
어디서부터 왔는지
어디로 가고 있는지
안갯속 들판 길
뇌혈관처럼 놓여
앞으로 갈 수도 없고 뒤로 걸을 수도 없게
발을 잡는다

끝 모를 안개 핀 들길에 서서
흔들리는 그림자를 잡노라니
무지개 빛 담은 들꽃들이 일제히 일어나 깔깔대고
올챙이 놀던 무논에 금붕어 떼

머리 들고 물속에 꼬리를 담고 흔들며
나에게 몰려든다.
그 논둑길로 향한다
걷는다
그들이 고개를 쳐들고 꼬리 흔들며 나를 따라온다
안개가 걷히고 동맥 정맥 혈관처럼 들길이 드러난다
꿈을 깬다.

엄영란 | 2010년 계간 『문파』 등단

섬, 길, 벽

습한 나의 길들이여
- 산의 골목

엄영자

더러 고사리 꺾겠다고
약초 캐겠다고 누비는 산 골목
저이들은 어린 나무도 밟아 꺾어놓는다

말 없어도 말 전하는
눈길 일일이 주지 않아도 푸르고 노랗고 붉게
흔들리고, 흔들림에 잠긴다

수시로 다독거리는 산 골목에서는 오랜 기다림이나
견딤이 무통이어서
각시붓꽃도 뽑아내고 꺾이고
참 욕은 사람 몫이지만 더딘 듯 골목은 푸름에 잠겨 있다

새들이 알을 낳고 새끼들에 날개를 주어
비상하는, 비상을 꿈꾸는 산의 골목

끊길 듯 이어져 온 다독거림의 길은
어둑해지면 더욱 감싸는
가만한 한숨도 내려놓는 길.

엄영자 | 1995년 『문예사조』 등단

_ 길

오광자

가고 오는 길은
여기도 저기도 아닌 것을

손끝으로도
잡을 수 없는 길
바람 따라 가는 길에
잠시 쉬어 가길

바람 따라 구름 따라
정처 없이 가는 길

똑딱똑딱 소리도
잡을 수 없는 길

석양 무지개 빛으로
물들어 가고 있는 길

오광자 | 2007년 「문학저널」 등단

세 갈래의 길

오정선

누구나 모두 세 갈래의 길을 걸어간다
코흘리개 적은 부모의 울타리에서 맴돌았고, 자라서는 배우자와
짝꿍이 되어 함께 걷고, 늙어서는 휠체어에 몸을 싣고 자녀에게 바른
길을 가르쳐 준다

자녀는 부모가 가르쳐준 대로 살아가며 그 누구와 시비도 걸지 않
고, 반항하지도 않는 착실한 사고력을 지닌 사회적 고등동물이다

걷다가 쓰러질 것 같으면 조금 쉬었다가 또 걷는 동작의 연속이다

고무신을 신고 걸었고, 운동화를 신고 뛰었고, 구두를 신고 사뿐사
뿐 걸어가는 인생 여정에 돌팔매질일랑 하지 마오

육중한 몸에 실려 걸어왔으니, 발바닥도 아프다고 흐느끼며 울고
싶다 하네.

오정선 | 2014년 『순수문학』 등단

참 좋은 이들에게 가는 길

오현정

길인가 하여 가다 보면
물 내 맑은 들 산엔 아직 순한 공기
푸른 잎들이 어지러운 얼룩을 지우고
참 좋은 이, 길을 내어
두려움 없이 부지런히 갑니다

돌부리에 걸릴 때마다
함께 걸어온 해님 이마 더듬어
지표 찾아 일어서면
나보다 더 슬픈 이
나보다 더 아픈 이
산 아래 다 보여
당당하게 품어 줄 위안이 되려
참 좋은 이, 당신을 부릅니다

오현정 | 1989년 『현대문학』 등단

왜가리처럼

유영애

청계천에 비 그치자 먼 곳을 향한 눈빛
잿빛 납의 한 벌 입고 외발을 들고 선 채

한나절
미동도 없이
풀잎이나 벗 삼는다

가던 발길 묶어 두고 나도 예서 잠시 주춤
물소리에 귀를 씻고 마음을 헹구면서

살아온
길을 헤아려
살아갈 날 가늠한다

유영애 | 1997년 『문학공간』 등단

_ 길

윤복선

일주문에 초승달 목을 매니
유리 조각처럼 깨져서 떨어지다가
거미줄에 걸려 달랑대는 꿈 하나
바람일까 두려워 떨고 있다
어둠이 내리는 산사 어귀
낮에 듣던 그 소리가 아니다
찢어질 듯 짧은 매미의 외마디 비명
먹히고 있다
등골이 오싹해지는 생과 사의 순간
그 틈에도 풀벌레 비비작거리며
아름다운 하모니가 더 아프다
하늘에 별은 뜨고
별과 별 사이 허공에 내가 있음을…
이제 어디로 가야 하나

윤복선 | 2016년 계간 『문파』 등단

뿌리의 길

먼 옛날 마을 앞산이 범 머리를 닮았대서
범머리, 버머리라 불렀다는 전설 같은
지금은 개명되어 불리는 눈에 삼삼 안태고향*

어릴 적 함께 자란 측백나무 늘 푸르고
사랑채로 통하던 일각문의 지시랑 물
궂은날 옥잠화전은 육 남매의 별미였지

드넓은 대청마루 돗자리 대나무 발
명심보감 이바지도 진중하게 펼쳐지던
한참을 지나야 닿던 안채 문도 선하고

아파트 숲 비켜 돌아 낮달 내려 조는 벤치
뜬금없이 뿌리 찾아 꿈길 홀로 나서보는
아련한 고향 열차의 기적소리 횡하다

---

* 자기가 실제로 태어나서 자라난 곳을 일컫는 경북 방언.

이가은 | 2004년 『월간문학』 등단

고향 가는 길

이금자

산굽이 물길 따라
강원도 철원 사백 리 길

가을이 내려앉은
고향 들녘
무서리 내릴 때쯤이면
찬바람만 휘몰아친다

거기 낮은 지붕마다
이마를 맞대고 뿜어 오르던
하얀 굴뚝 연기

지금도 여울져 흐르는
내 혈육들의 피돌기
따뜻하다
꼭꼭 집어 또렷한
고향 그리움 자리.

이금자 | 2016년 『순수문학』 등단

한 사랑의 길

이상임

부유방 제거 수술을 했다
다른 사람보다
유선이 많아 수술 시간도 길었다 한다

유선은 생명을 키우는 길이다 그 생명은 사랑으로 통한다 우왕좌
왕 수술이 끝나고 골똘히 키워진 생각은 내 사랑의 현주소다 멈춰지
지 않는 그것을 과학으로 중단시킨 것이다 끊어지지 않는 한 사랑을
내 힘으로 어쩔 수 없어 도구를 이용해 벅벅 긁어낸 것이다

온통 멍으로 휘감은 겨드랑이
멍이
하루 지나면 내려오고
또 하루 지나면 내려오고
손목까지 이어진다

언제 끝나려나
한편으론 멍이 더 이어지기를
마지막 남은 그 푸른 흔적을
폭염 속에 꿰뚫어 본다

이상임 | 2010년 『순수문학』 등단

7번 국도

이 섬

고성에서 포항으로 이어지는 7번 국도는
바다가 깔아놓은 축제의 카펫이다
짙푸르게 펼쳐진 수평선과 파도 소리가
싱그러운 분위기를 돋아준다

굽이굽이 새롭게 펼쳐지는 바닷가 배경의
말쑥한 자태, 잠시도 눈을 뗄 수 없다
햇빛 조명을 받을 때마다 반짝이는 물결
새하얗게 물보라 치는 섬세한 파도의 레이스가
돋보인다.

고단함과 서러움으로 마음이 텁텁해지거든
7번 국도 반짝이는
조명 속으로 들어가 볼 일이다
허리를 곧추세우고 우아하게,
갈매기와 파도의 박수갈채를 받으면서
어깨 한번 힘껏 펴 볼 일이다

이 섬 | 1995년 『국민일보』 등단

도깨비 도로

이 수

올라가고 있다고 생각했는데
밀리고 있는 이 낭패감을 어찌해야 할까

잊었다고 생각했는데
불쑥 가슴 위로 올라오는 당신의 얼굴
도깨비를 본 듯 화들짝 놀란다

바닥으로 곤두박질치는 꿈은 왜 꾸는 것일까
잡으려고 손을 뻗으면 사라지는 얼굴

아침에 일어나 바둥거리며
눈동자를 굴리며
입속에서는 모래가 버석거린다

모든 착시의 순간들
속도를 즐기고 있는 시력 나쁜 눈동자
저 밑에 무엇이 숨어 있는지도 모르면서

두 주먹을 풀고 휘파람을 불 수 있기를
나뭇잎의 잎맥에 손을 맞출 수 있기를
굳어있는 몸뚱이에 복식호흡을 하면서

어디로 가야 할지 알 수 없는 길 위에서
목을 길게 늘이며 헐떡거린다

이 수 | 2017년 『천년의 시작』 등단

가을 강물

이수영

구름 속에 나를 잠기게 한다
가을꽃들의 긴 허리 틈새로
우편배달부의 자전거 바퀴가 돌고
먼 활주로 끝에서는
불꽃처럼 튀어 올라
방향 잡는 비행기
그들 비행기 격납고
하나같이 쓸쓸한

노을은 품었다가도 놓아주어야 한다
출렁거리는 제 얼굴
말갛게 닦는
저녁 강물
하루 한 번은 나도 마지막처럼 살아야.

이수영 | 1993년 『문예사조』 등단

오늘을 살며

월정 이숙자

풀벌레 구성진 밤 소녀는 잠 못 들고
초승달도 쉬어가는 솔숲엔 여린 바람
별똥별 빗금을 치며 이별하듯 흐르네.

이숙자 | 1998년 『시조생활』 등단

이내 속의 길

이순애

이슬 맺힌 눈으로 이내 속을 걸어요 은결든 마음의 외발이 한기로 떨고 있어 제자리걸음으로 보이죠 젠체하는 호기는 아니라도 잰걸음으로 걸어 보고 싶은 욕망을 길러요 태풍이 들이닥치고 꽃잎이 한꺼번에 떨어져 화들짝 놀랄 때 안간힘의 포착으로 회오리바람의 꼬리를 잡고 일어섭니다

낭떠러지의 외길을 걸으며 손에 땀을 쥐고 부르르 떨어요 밤낮으로 걷다 보면 마음이 놓이는 것은 내 손을 잡아주는 바람의 숨결을 느끼게 되죠 좁은 길도 밟을수록 넓어진다는 것을 깨닫게 해주고요 비로소 실낱같은 안도의 숨이 이내 속의 길을 지나 바늘귀로 빠져나가고 있습니다

이순애 | 2010년 계간 『문파』 등단

하늘 공원 억새숲에서

은빛 출렁이는 바다에 누워 하늘을 보면 세월보다 먼저 오는 목마름이 있다

끊어질 듯 이어진 길에게 묻는다… 나 지금 흔들리고 있는 걸까…

많은 것들과 이별하고 억새숲으로 간다 무너지고서야 일어서는 삶이 어쩔 수 없는 통곡이 그곳에 있다

어느새 하늘이 되어버린 바다새 떼 가득한 하늘처럼 어두워져 오면 억새 가득 마음에 집을 지어 걸어서 내려오자

이애정 | 2005년 「문학시대」 등단

먼 산, 아주 오래된 길

이영춘

어둠 속을 걸어가는 한 스님을 보았다

달빛이 그의 발목에 감겼다

산 그림자가 그의 어깨에서 출렁거렸다

먼 산동네에서 개 짖는 소리는 들리지 않았다

어둠이 그를 지웠다

어제 떠나 온 길
오늘 떠나갈 길
내일 돌아가야 할 길

길 위에서 지워지고 있었다

그의 그림자가 없다

발자국이 없다

텅 빈 길 위에

눈이 내렸다

이영춘 | 1976년 『월간문학』 등단

실종失踪

이옥희

끊임없이 길을 찾고
길을 내고 선택하다가
오히려 길을 잃은 적이 많았다

때로는 내 길이 아닌 길을 알고도 갔었고
내 길이 따로 있는 줄 알면서도 가지 않았다
잠시 방향과 분별을 잃어버렸다

만년 설산의 천 길 단애斷崖 같은
회복할 수 없는 깊이로 추락한
아무도 모르는 내 실종은 잊혀가고 있다

모든 길이 다한
결빙結氷의 품에다 나를 내리고
뜨거움을 증언할 언어를 묻는다

이옥희 | 1976년 『현대문학』 등단

낙엽이 가는 길

봉담 이윤진

지난 계절은
행복했습니다

무한 천공에서
잡아 주신 손
고마웠습니다

바람 불 때마다
날아다니고 싶었던
그 잡념을 용서하시고

이제
그대를 놓아드립니다

당신과 나의 인연은 끝나

모두를
잊어
버리는

환원還元의 길…?

이윤진 | 1990년 『현대문학』 등단

행운목 이야기

이은경

긴 세월 거쳐서야
꽃을 피운다는 행운목
사랑하며 가꾸어 온 지 수십 년
향기 가득 활짝 웃고 있다
저렇게 나도 웃고 싶다
오늘도, 내일도
먼 훗날에도.

이은경 | 1980년 『시문학』 등단

알것다, 산길 가랑잎

산길은 가랑잎으로 융단을 깔았다.

가랑잎 느낌이 부드럽고 사랑스러워, 눈길 주니 내게 와 귓속말을 건넨다. 노랑 잎 노랑 말씀을, 빨강 잎은 빨강 말씀을, 가랑 소리 한 잎 한 잎 노랫말 실려있어, 그 사연 한 잎씩을 다려서 새겨본다.

한여름 진초록빛 물들였던 숲속 가락, 글 읽는 나무 그늘 가람 매미 사랑 가사, 온 누리 바둑판째 벌려놓고 장군멍군, 날 보고 하늘 이치로 고름 매란 말씀일다.

무슨 빛깔 옷 해 입고 새 철 맞이 해야는가, 어떤 빛깔 가랑잎 지으면서 잠이 들지, 끝자락 녘 꼬부랑길은 어디메로 내얄지를.

알것다, 山門에 홀로 선 알몸, 가랑불에 사타릴 열었다.

이주남 | 1986년 『동아일보』 등단

_ 길

이행자

스물아홉에 죽은 우리 언니
그때 엄마 찾던 다섯 살 어린 딸은
육순이 되고

반백 년을 꿈속마다 찾아와서
그렇게도 울더니만
이제 내가 천상 갈 때 되었는가
그 모습 도무지 보이지 않네

그날의 핏빛 봉분
숲이 되었을까 흙이 되었을까 바람이 되었을까

사람마다 밟고 가는
길이 되었을 거야

이행자 | 1994년 『문예한국』 등단

길 위에서

이혜선

나의 길을 찾아 오래 헤매었다

눈 감으면
날 기다려 울고 있는 길이 보였다
눈 뜨면 나는
연기 나는 사람의 마을 끝에 서 있었다

나의 길을 만나지 못하고 오래 헤매었다

나의 심장 안쪽에서
이적지 나만을 기다리는 길을 만났다
사람이 아무도 없는 그 길
다리를 끌며, 홀로 웃으며 그 길을 걸었다

그것 때문에 모든 것이 달라졌다*

---

* 로버트 프로스트의 「가지 않은 길」에서 차용.

이혜선 | 1981년 『시문학』 등단

산길을 걸으며

임덕기

안개는 나무를 휘감고
눈앞엔 굽이굽이 펼쳐진
아득한 산길

앞만 보고 걷던 걸음
멈추고 뒤돌아보니

지나온 세월 구불구불한
산길이 되어

종종걸음으로
내 뒤를 따라오네

임덕기 | 2010년 『수필시대』 등단

고속도로

임병숙

'사람을 가려서 사귀어라'
그 말씀 도둑맞고
바다을 기었다.

설마하니 나를…
내 어찌 감당하리.

품격이 다른 몸살을 털고
침묵의 외침을 토하며
길을 나섰다.

화ㄱ 트 이ㄴ 빛으로
진실을 품은 고속도로가
저만치 웃음으로 반겼다.

임병숙 | 1996년 『순수문학』 등단

유월유두六月流頭 날에

할머니 하이얀 모시 치마꼬리 잡고 따라나선 부강 약수 길
물안개 자욱한 합강 나루 건너 고운 모래 반짝이는 강변 시오리
용용히 흐르는 강물에 발 담근 버드나무 연한 가지 위에서
개개- 비빅- 삐이- 이슬 터는 개개비 노랫소리
노오란 단내 싱그러운 참외밭 풀섶엔 선잠 깬 여치가 뛰어오르고
알밴 땅콩밭 푸른 숨소리 아른아른 아지랑이로 피는 길
신발 속 고운 모래 털며 사부작사부작 바람인 듯 구름인 듯
해찰 부리며 산모롱이 개울가 약수터에 이르면
약수 솟는 바위벽 아래 계곡에는 머리 감는 아낙네들 미역 감는 개구쟁이들
물방울 튀기는 눈부신 웃음소리 와작와작 사람들은
조치원 대목 장날처럼 흥성이는데 느티나무 아래 자리 펴고
찰밥 술떡 옥수수며 참외 수박 혀를 쏘는 비릿한 약수 물 마시며
온종일을 놀면
'날마다 오늘만 같아라.' 도란도란 할머니들 정겨운 웃음소리
계곡물에 머리 감고 할머니 치맛자락 덮고 누워 부채 바람 소올솔 곤한 잠
부강역 지나는 날카로운 기적 소리가 흔들어 깨웠네.

오늘은 유월유두
할머니 손 잡고 물 맞으러간 병약하고 쬐끄만 계집아이
아직도 신비의 샘 부강 약수 길에서
돌아올 줄 모르네. 잠자리 날개 같은 한산 세모시 할머니 풀빛 냄새
명치끝에 아리게 아리게 쌓여만 가는데.

임완숙 | 1971년 『한국일보』 등단

구름 막걸리 2

임정남

출렁이는 옥색 하늘을 쳐다보면서
파도 같은 그리움이 철썩인다

소금 사막에 비가 내리면
오랜 슬픔들이 호수를 떠나간다고

걷거나 뛰거나 그냥 서 있는 사람들
더위에 지친 오늘의 마음
올여름 동안 지내 온 이력은
내 인생에 먹구름으로 남아 있으리

세상 모든 일이 그대 향한 그리움처럼
아픔이라면 지금보다 더 참을 수 있으련만
내 달아오른 입술에 시원한 막걸리 한잔

힘겨운 더운 날
바쁘게 살아가는 우리에게
저 숲 그늘 사이에서 쉬고 있을 때
하늘에 구름 막걸리 한 사발 내려왔으면 하고

임정남 | 2009년 계간 『문파』 등단

목섬으로 가는 길

전민정

넓은 길을 마다하고 오솔길을 택했다
외로울 때 친구가 되어준 그 길은 들키고 싶지 않은 길
한발 헛디디면 벼랑으로 떨어지는
덤불 헤치며 걷는 그의 거친 손을 잡고
춘백 꽃은 소리 없이 지고 있었다

가파른 길 끝이 가까워 올수록 파도 소리는 절정을 이루고
바람을 등에 업고 떠밀려 가듯 목섬으로 가는 길은 험했다

바닷길이 열리는 물때를 못 맞추고
햇살 가득한 그 섬만 바라보며
사랑을 속삭였다는 흰 바위에 걸터앉아

우리도 남은 사연을 짠물에 씻었다

전민정 | 2006년 『창조문예』 등단

알 수 없는 그 길

아내 설무 정기숙

오십오 년 세월 함께했던
늙은 백로는 어디로 날아갔을까
먼 하늘 바라보는 허망함이여
한숨 토해내는 절절한 그리움이여
엄동설한 두 발 동동
추위에 떨고 있지나 않는지
배고파하지는 않는지
잠자리는 편안하신지
가족들 그리움에 눈물 짓지는 않는지
시간이 흐를수록 더욱 생각나는
늙은 백로는 어느 길로 접어들었을까
아~ 절절한 그리움이여

정기숙 | 2007년 『문예춘추』 등단

크로아티아로 떠나자

정영숙

인디고블루 아드리아해 짙은 가슴에 안겨

다정한 연인들의 입술처럼 오렌지빛 지붕들이

다닥다닥 붙어 있는 곳

다시 돌아오지 않을 천국*으로 떠나자

진줏빛 드레스에 붉은 장미 가슴에 꽂고

성모승천 성당 종소리 울려 퍼지는

블레드 섬으로 가자

풀잎 왕관 쓴 당신이 나를 안고

말없이 99개의 계단을 오르면

성모님이 두 손 벌려 축복을 주는 곳

아드리아해 윤슬로 반짝이는 하얀 사랑

종소리에 담아 발아래로 실어 보내면

세상의 모든 진애 사라지고

팬데믹도 순식간에 달아날 테지

우리 모두 손잡고 크로아티아로 떠나자

---

* "크로아티아(Croatia)의 두브로브니크(Dubrobnik)를 보지 않고 천국을 논
하지 말라"고 한 버나드 쇼의 말에서 차용.

정영숙 | 1992년 『문예사조』 등단

밤길

조광자

늦은 시간에 길을 나섰다
불콰하게 취한 하현달이 내미는 반쪽 얼굴
잠든 산을 깨우지 않고 슬금슬금 고개를 넘는다
갈 길은 먼데, 끝까지 따라올 것만 같은
가슴이 서늘해지는 밤길
기울어지는 나를 보며 걸음을 재촉한다
한 걸음 뒤에서 조용히 따르는 그림자
이른 저녁에는 보이지 않던 뒷면을 곁눈질한다
나는 결코 혼자가 아니다

조광자 | 2009년 『시와산문』 등단

_ 국어 선생

조순애

제자들 시험지를 놓고 매번
점수를 따졌다
중간고사, 기말고사, 모의평가

그대들 알겠는가
이런 숫자 말고
바른말도 더해서
아름다운 영혼과의 만남도

모국어를 공부하는 이
지엄한 자리를 안고 살았던
가슴 벅찬 황공함이여

조순애 | 1970년 시집으로 등단

천변길

조정애

젊음이 스치고 지나자
뻗어 오르는 가시 풀도
물억새나 수크렁도
달리는 근육을 부러워하누나

깊고 아픈 우리의 계절
막히고 고인 세상을 뚫고
달려가는 눈부신 행렬이여
훤칠한 뒷모습이여

그대가 건네주는 힘찬 깃발은
저 무성한 초록의 나무보다
힘찬 매미의 울음보다
질기고 정의로운 희망이구나.

조정애 | 1990년 『문학공간』 등단

_ 길

주로진

길이 있어 걸었다 첫길
고샅을 빠져나와 세상으로 나가는
한길 옆길을 지나
곧은길은 자긍심으로 걸었다
콧노래와 동행하며 해찰도 하고
그 길은 짧았다
갈림길에서 알 수 없는 길을 걸었다
설레기도 하고 가슴이 뛰었다
두근두근 불안이 생똥을 싸는
밤길 먼 길 별도 뜨지 않는 길
피를 말렸다 그리고 그리고
새벽길, 정신없이 뛰었다
빗길 눈길 진흙탕 길 겨우 지나니
산길, 무조건 오르막을 올라 산등성에서-
비로소 온 길을 내려다보았다

주로진 | 2007년 시집으로 등단

종로 2가 사거리 신호등

주선미

종로2가 종각 방향
주말이 코앞인 금요일 저녁
사방에서 조여오는 오후 여섯 시

아파트 차단기 열고 나온 차들
지하로부터 지상으로 올라온 차들로
먹통인 종로 사거리
종각으로 가는 길
맥 못 추고 있다

손안에 세상 거머쥔
교회 첨탑 위 절대자
너 가는 곳 어디냐,
묻는다

한곳만 우러러보는 수없이 많은
눈, 눈, 눈들
거만하게 내려다보기만 하는
사이비 교주

빽빽하게 길 위에서 차만 빨아들일 뿐
출구는 없다

산다는 게 늘 빡빡해
사방이 벽이라고
출구 하나 있었으면 좋겠다던
당신,

내가 길을 여는 신호등이었다면
당신 앞길에 햇살 들었을까
지금 서 있는 지점 바뀌었을까

주선미 | 2017년 『시와문화』 등단

길

지은경

세월이 눈에 보일 때가 있어요
몸에 그린 시간의 무늬들
한쪽 눈에 잠자리가 날아들고
귀에서는 앰뷸런스가 지나가요
그럴 땐 살며시 누워 눈을 감으면
걸어온 길들이 보여요
골목길, 진창길, 자갈길에서
넘어져 천지가 울리도록 울면
길은 나를 잡아 일으켜 세웠어요
지나온 길 돌아보면
순하지 않은 길들
눈물 콧물로 범벅인 길들
슬픈 길만은 아니었어요
땀방울들은 별 밭길로 반짝여요

지은경 | 1987년 『문예사조』 등단

길 너머 길이 있다

차윤옥

세상의 길이 꿈틀거린다

봄 햇살에 전설이 들어설 때
꽃들이 덩달아 흔들리고
길 따라 계절이 바뀐다

겨울에서 봄으로 이동하는 길섶에
오솔길을 가로질러
지붕이 피어나고 호텔이 솟아난다

출발지에서 종착지를 향해
수많은 지문을 숨긴 길 너머 길이
부끄럽게 숨어있다

길에 나가 바람의 행방을 물어보라
구름은 가던 길 멈추고
길 너머 길이 나이테를 삼킨다

차윤옥 | 1992년 『문학21』 등단

발자국 따라가는 길

천도화

새로 입힌 시멘트 물기가 채 마르지 않은 골목
누군가 딛고 갔다

저 막다른 곳에 멈춰버린 발자국
어디로 갔을까
깊게 새겨진 발자국 따라 시간도 저문다

어둠을 밟고 뚜벅뚜벅
한 방향으로 걸어갔을 길 끝
혼자면서도 혼자가 아닌 것 같은 걸음걸음
만나고 헤어지고 채우고 비워가는
생각들이 그림자를 흔든다

바람이 핥고 지나가는 무상한 소문
한 자락을 잡고 따라가 보았지만
어디론가 숨어버린 모습

천도화 | 2005년 『한국작가』 등단

_ 먼 길

천옥희

그리운 날 속에는 늘 네가 있음이야
까까머리 단발머리 뛰놀던 그 운동장
세월도 지우지 못해 우리들의 푸른 날

어디서 잘 있는지 안부가 궁금한 날
반쯤 내민 낮달 위에 네 이름을 쓰고선
가만히 불러주었지 네게 뵈고 들리라고

길은 길로 이어져 쉬이 갈 줄 알았더니
네게로 가는 길은 아슴푸레 멀어서
꿈에도 헤매다 오네 마음만 흘러가네

천옥희 | 2001년 『시조생활』 등단

고흐를 버린다

최금녀

프랑스에서 향수 대신 한 가방 챙겨 온
오래된 책을 버린다
사랑한다고 써 놓은 책 한 권도 버린다

고흐를 사랑했다
지하실에 방치된
고흐의 빗금을 사랑했다
오늘 이사 다닐 때마다 안고 다니던 주황색과 검은색의 고흐를 버린다

프랑스여 안녕 사랑이여 안녕

고흐가 폐지 속으로 가고 있다
버려진 고흐의 빗금에게
버려진 고흐의 귀에게
가만히 중얼거린다
안녕 고흐

최금녀 | 1962년 『자유문학』 등단

＿ 길

최숙영

누군가 올 것만 같아
마중길 나서듯이

걷고 또 걸었는데
아득한 저 산그늘

끝내는
홀로가 되는
텅 빈 길을 걸어왔다

믿음에 목마른 삶
등에 업고 허우적거린

돌아보면 굽이굽이
순간순간일 뿐

스님은
법정 스님은
'그냥 걷기만 하세요'

최숙영 | 1996년 『현대시조』 등단

길을 잃었다

최영희

세상에 태어나 살아온 길, 50년대부터 2021년까지
가난한 50년, 60년 70년대, 70년대부터의 신접살림
삼 남매의 엄마가 되고, 손주 손녀가 여섯인
할머니가 되고…

참, 많이도 왔나 보다
주어진 길, 굽으면 굽은 대로 좁으면 좁은 대로
가난하고 힘들어도 감사함으로 걸었다

걷고 걸어온 길, 70여 년
인생길 7부 능선은 넘은 듯한데
코로나19가 점령한, 살아 보지 못한 세상

아-여기서, 길을 잃었다
어두운 밤 저 멀리 별은 반짝이는데…

최영희 | 2004년 『시마을』 등단

길. 4

가만히 생각해 보면
어디에든 길이 있었다

길섶 풀잎 한 장에도
수많은 물길이 있었고
깜깜한 어둠 속에서도
바람의 길은 있었다

여태 나는
최선이라는 가장을 얹은 채
확연한 길만 찾아 걸었다

이만큼 와 보니 길이 보인다

잎맥의 끝에서 숨길이 열리고
바람의 끝엔 새벽이 있었다.

추경희 | 2000년 『문학공간』 등단

명사산 가는 길

추명희

늙은 낙타의 등에 몸을 얹고

타박타박 명사산 가는 길

낙타의 까만 눈 속에

모래가 서걱인다

흔들리며 가다 보면

날이 저물기 전 그곳에 닿을까

쓰고 지우는 바람의 손길

바람 부는 대로

몸 바꾸며 우는 명사산

한 걸음 오르면 두 걸음 미끄러지며

모래산을 오른다

다시 바람이 불고

흔적 없이 사라지는 어제

고맙다, 고맙다

지난날의 발자국

추명희 | 1971년 『현대시학』 등단

배롱나무 길

하순명

구절양장의 길 허공에 내고
분홍의 꽃그늘

그 아래를 걷는 일조차 송구스러운 아침
맑은 얼굴의 그가
온 힘을 어깨 위로 뿜어 보인다

일 년에 꼭 한 번
그것도 이 계절 한순간에
큰 결행으로 보이는 현신이다

태풍이 불어 세상을 몰아세워도
두려워하지 않고
법열에 취한 목백일홍

백일 동안
나는 너무 쉽게 그를 바라본다

하순명 | 1997년 『교단문학』 등단

묵호등대 옆 겨울 무렵

한이나

높은 곳에서 휙, 던져진 너의 바다,
바다는 물렁거리지 않고 단호하다
가파른 비탈길 올라 층층의 논골담길 산등성이,
내 몸은 바다의 등뼈,
경추 요추 엉덩뼈 꼬리뼈, 지나가는
난바다의 험한 물너울들, 이제 괜찮아
생의 물굽이 만 장을 헤아려 보는
묵호등대 옆 겨울 무렵
뼈의 정렬이 틀어져도 그렇게 조금씩 늙어갈 거야
저 바다의 묵빛에 물들어, 그렇게 세 들어
눈꺼풀 조금은 졸린 듯 지루하게.

한이나 | 1994년 『현대시학』 등단

_ 토목 공사

허윤정

기중기가
노랗게 피었다

향기가 산을 뚫었다

분주한 햇살 아래
바쁜 안테나들

봄은 생방송 중이다

허윤정 | 1982년 『현대문학』 등단

○

길

강경애

　　나는 길치다. 그래서 항상 다니는 길로만 다닌다. 어쩌다 시험 삼아 다른 길로 접어들면 나가는 길을 찾지 못해, 다시 온 길로 되돌아가는 어이없는 상황을 초래하게 된다. 아무리 길치라도 너무 심하다는 생각을 아니할 수 없다.

　　그러고 보면 테세우스가 미궁에 갇힌 미노타우로스를 죽이고 아리아드네(미노스 왕의 딸)가 준 실타래를 풀면서 들어간 미궁에서 그 실을 잡고 빠져나갔듯이, 나도 그래야 될 것만 같다. 늘 다니지 않는 길이 내게는 미궁인 셈이니까.

　　로버트 프로스트의 「가지 않은 길」은 인생의 두 갈래 길에서 선택의 중요성을 말하고 있다. 그러나 우리가 맞닥트리는 길이 어찌 둘뿐이겠는가. 여러 갈래의 길이 있지만 어느 길을 선택하느냐에 따라 인생이 바뀌기에 고심하게 된다.

　　우리가 걷는 길은 물론이고 혼돈으로 가득한 인생길에서 제대로 길을 찾는다면 더 바랄 것이 없을 것이다. 그러나 대부분 자신 있게 자기 길을 잘 선택했다고 말할 수 있기보다는, 다른 길을 선택했더라면 하고 후회하는 경우가 적지 않을 것이다.

　　그러나 어느 길이든 자신이 선택한 길에서 만족을 찾아야 한다. 어차피 인생을 두 번 살 수는 없기 때문이다. '다음 생에서는…' 하는 문구가 나오는 영화가 있다. 이번 생에서 이루지 못한 사랑이나 성공을 다시 태어나면 반드시 이루리라는 다짐이다. 좀 애잔한 느낌을 주기는 해도, 한 번의 선택으로 끝날 수밖에 없는 생이기에 음미해 볼 일이다.

나는 인생에서나 도로에서도 실타래가 필요할 정도로 길치지만, 혼돈의 미궁을 빠져나가기 위해서 이카로스처럼 밀랍으로 만든 날개로 날다가 태양에 가까이 가고 싶지는 않다. 막막하더라도 미궁 속에서 길을 찾아 헤매며 살아갈 뿐이다. 그것이 내가 선택한 길이기 때문이다.

강경애 | 1992년 『시와비평』 등단

○

고향가는 길

권남희

　　어머니가 몇 달도 살지 못할 거라는 연락을 받고도 나는 '우리 어머니가 아닌 다른 사람일 거라'는 몽롱함으로 무엇을 어떻게 해야 하는지 판단을 내리지 못했다. 어쩌면 오늘을 넘기지 못할 수도 있다는 급보를 받고서야 한 술 뜨던 밥숟가락을 그대로 던진 채 일어서다니….

　　자정이 넘은 고속도로를 달린다. 차량 소통이 거의 없는 민자 고속도로는 컴컴함 때문인지 아무리 달려도 그 길일 뿐 앞으로 나아가지 않는 듯하다. 나는 마음속으로 빈다. '나에게 시간을 달라고… 오늘 절대 무슨 일이 일어나면 안 된다고….'

　　그동안 친정을 멀리하고 살았던 일들이 꾸불한 길이 퍼지고 새로운 길을 알리는 불빛이 빤짝일 때마다 떠오른다. 나는 한때 집으로 가는 길을 멀리했다.

　　남편 공부 때문에 형편이 넉넉지 못했을 때는 자존심이 상하여 친정을 멀리했다. 사위를 못마땅하게 대하는 것도 속상하고 시집 식구를 불신하는 어머니가 더 미웠기 때문이다.

　　고향 가는 길은 점점 반듯해지고 넓어지며 시간을 단축했지만 무엇이 그토록 집으로 가는 나의 발목을 잡고 놓아주지 않았던 것일까.

　　방학이면 가족들을 만난다는 생각에 설레는 마음으로 달려갔던 길이었다. 결혼을 한 후에도 한동안 집으로 가는 꿈을 꾸며 눈물짓고 어쩌다 시어머니의 허락을 얻어 차표를 사두면 잠을 이루지 못한 채 고향 동네 구석구석을 뒤지고 다니는 상상에 빠지곤 했다. 어느 길로 다녀도 사랑이 넘치고 흐뭇하고 따뜻함이 넘쳤던 곳이었다.

　　언제부턴가 나는 고향에 가는 일이 두렵고 부끄럽고 힘든 일이 되어버려

외면하고 살아왔다.

밤중에 찾아들어도 누구인지 알아채도록 불빛이 밝아진 가로등, 그토록 오래 한곳에서만 살아가고 있는 몇몇 동네 어른들과 마주치기가 싫어 번개 걸음을 치고 다닌다.

그렇게 도망 다녔던 길을, 나는 어머니와의 이별을 준비하기 위해 주말마다 나선다.

고향으로 가는 길은 언제나 멀다. 아무리 도로가 잘 만들어지고 시간을 반으로 줄인 고속철도가 다녀도 고향으로 가는 길은 조급한 마음을 달래주지 못하기에 멀 수밖에 없다.

권남희 | 1987년 『월간문학』 등단

○

물 따라 가는 길

김경자

논밭이 있던 땅이다. 빌딩이 들어서고 고층 아파트가 생기면서 사람들이 모여들었다. 산 좋고 물 맑아서 더불어 살기 좋은 곳이란다. 명당이라는 소문에 귀가 열려 이사한 곳이다. 시간은 세월을 먹으면서 막혀있던 곳에 길을 만들었다. 길은 새로운 도시를 만들고 도시의 표정을 닮아간다.

멀리 금정산의 사계절을 앉아서 볼 수 있고, 몇 걸음만 걸으면 낙동강이다. 낙동강을 옆에 끼고 걸으면 화명생태공원 길이다. 도시와 강을 갈라놓았던 비닐하우스가 사라지고 잔디밭과 공원이 들어섰다. 공원 옆에는 수생식물원이 들어와 강가는 초록 쉼터가 되었다. 수생식물원에 한가로이 떠다니는 오리 떼가 평화롭다. 생태공원과 낙동강을 바라보며 걷다 보면 보이는 것 들리는 것이 날마다 새롭다. 하늘빛과 물빛, 풀색이 들려주는 소리에 귀를 열고 눈을 뜨면 모두 시인이 될 법하다. 노을이 내릴 때의 강물과 달빛 속의 나무들은 한 폭의 수묵화다. 부산이라고 하면 바다를 떠올리지만 경부선 기차를 타고 오면 낙동강을 먼저 만난다. 차 안에서 만나는 낙동강은 바쁘기만 한데 옆에 두고 걸어보면 오랜 친구처럼 편안하다. 비우고 채우면서 서두르지 않고 유유히 흐르는 강물이다. '빨리빨리'에 익숙했던 시간들을 잠시 강물에 실어 보내고, 젊은 베르테르도 불러본다. 사람이 살아가는 데 공기가 있어야 하는 것처럼 숨과 쉼도 필요하지 않을까. 숨과 쉼이 차례로 이어지는 길을 따라 오늘도 걷는다. 길을 걸으면 일상의 복잡한 생각을 정리할 수 있고 새로운 생각의 통로가 열리기 때문이다.

강을 가까이 두고 산다는 것은 행복하고 감사한 일이다. 곳곳에 둘레길 올레길이 많지만 낙동강을 따라 걷는 길은 더욱 환하다. 강물의 끝에는 인생길을 품어주는 바닷길이 있지 않은가.

김경자 | 2009년 『부산문협』 등단

○

길

김난숙

'길' 하면 프로스트의 「가지 않은 길」이 머릿속에 떠오른다.

'숲속에 두 갈래의 길이 있었고, 사람이 적게 간 길을 택하였기에 모든 것이 달라졌다'고 하는, 인생에 있어서 선택의 중요성을 깨우쳐 주는 시이기 때문이다.

그러나 인생을 살아가면서 느끼게 되는 것은 원하든 원하지 않든, 환경에 따라서 선택의 여지가 없는 불가항력일 경우라면 그대로 받아들일 수밖에 없다는 것이다.

우리는 살아가면서 꽃길, 자갈길, 모랫길, 아스팔트길, 진흙탕길을 만나지만 어느 길 하나 소홀히 할 수 없는 길인 것이다. 그럼에도 불구하고 대다수의 사람은 꽃길만 걷기를 원할 것이고, 심지어는 덕담으로 상대방에게 해 주는 말이 '꽃길만 걸으세요'라는 말을 하는 것을 자주 듣곤 한다. 그런데 인생 살면서 어찌 꽃길만 걸을 수가 있겠는가. 자갈길, 모랫길, 진흙탕길이 있었기에 독립투사와 같은 분들이 나올 수 있었던 것이고, 현재의 내가, 우리가, 이렇게 편하게 꽃길 속에서 현시대를 살아가고 있는 것이라는 생각을 해 본다.

근래에 들어서 사회적으로 물의를 빚는 사건이 터질 때마다 금수저, 흙수저란 단어가 자주 인용되는데, 부모로부터 태어남과 동시에 꽃길만 걸어온 금수저 등급과 진흙탕길에서 태어난 흙수저 등급이라 할지라도, 일평생을 꽃길이나 그 반대로 진흙탕길만 걸으면서 살게 되는 것만은 아닌 것 같다. 꽃길 인생이 자갈길 인생이 될 수도 있고, 진흙탕길 인생이 꽃길 인생이 되는 것을 아주 드물지만 주위에서 보아왔기 때문이다. 남녀 불문코 어린 시절 부모와 일찍 헤어졌던 사람들을 보게 되면, 고생을 해 보았기에 독립심과 자립심이 강해져서 성장 후 성공할 수 있었을 것이라는 생각을 해 보았다.

우리 인생의 앞길은 아무도 예측할 수 없다고 보는데 꽃길 걷기를 원한다면, 뼈를 깎는 어려움을 극복해야만 꽃길에 들어설 수가 있고, 진정한 기쁨을 얻게 되리라는 생각을 해 본다.

　살다 보니 길처럼 보이나 길 아닌 길도 많고, 길이 아닌 듯하나 한길 따라가다 보니 어느새 대로변도 만나게 되고 제대로 된 길을 만났던 적도 있었다.

　때론, 길만 길이 아니고 길에서 만난 스쳐 간 모든 인연 또한 인생의 길로 연관되는 소중한 길이라는 생각 또한 해 본다.

　우리 인간들의 잣대에 의해 규정되는 좋은 사람, 나쁜 사람을 만나는 것은 어찌 보면, 개개인의 운명일 수도 있다. 그런데 만나는 사람의 가슴에 마음의 길을 튼다는 것은 정말 힘든 일일 것이다. 좋은 사람과의 만남인 상태에서 길을 텄다면 그것은 비단길, 꽃길이 될 수도 있겠지만, 그 반대의 경우였다면, 그것은 진흙탕길이나 별반 다름이 없다는 생각이다.

　그러나 인간과 인간과의 관계는 '유유상종'이라는 말이 있듯이 비슷한 생각과 비슷한 느낌을 갖는 사람끼리 어울리게 되어있다고 본다. 그렇기 때문에 고전에 나오는 말처럼 항상 마음속에는 규범과도 같은 성실성과 사물을 바르게 직관할 수 있는 힘을 스스로가 기를 수 있도록 갈고 닦아야만 비로소 자갈길, 진흙길도 헤쳐나갈 수 있고, 꽃길에도 자유자재로 들어 갈 수 있을 것이라고 본다. 태어남은 선택의 여지가 없다지만, 성장하면서 선택하는 길은 각자의 의지에 달려 있기 때문이다.

　인생을 살아가면서 내가 가끔 읊조리는 가사가 있다.
　'세상엔 여러 가지 길이 있지만
　우리는 언제나 바른길 가리. 바른길 가리.
　좁고 험해도 바른길 가리.'

　그 길이 꽃길이 될지, 진흙길이 될지는 알 수 없지만….

김난숙 | 2005년 『순수문학』 등단

동화 속 그 길

김남희

달려왔다. 그 옛날 고속도로가 뚫리기 전, 먼지 나는 비포장도로를 여섯 시간이나 달려 서울로 왔다.

대관령 위에서 신사임당은 어머니를 떠나는 아쉬움을 효성스러운 사친시로 남겼지만 나는 그저 들떠 있었을 뿐이었다. 이 고개를 넘으면 어디다 뿌려도 빛나기만 할 마법의 가루가 기다리고 있을 줄 알았던 젊은 날이었다.

그리고 한참 긴 세월이 지나갔다. 맹모삼천지교는 아니었지만 몇 번의 이사를 하며 살다 결정을 했다. 내 유년의 풍경이 나를 불렀다.

'숲이 내게로 오지 않아 내가 숲으로 갑니다'라는 시인의 말처럼 울창한 숲을 뒷산으로 두고 살게 되었다. 차로 10여 분이면 거대 도시 서울과 맞닿아 있는데도 내비게이션이 이상한 오솔길로 안내하는 시골집이다.

멧돼지나 고라니를 막으려고 울타리를 쳐 놓은 이웃 밭들을 피해 집 가까이 텃밭까지 먹이를 찾아왔다 달아나는 고라니를 만나며 연작 생태 동화를 썼다.

> 숲속 동물들에게 참 미안한 생각이 들었어요. 오래전부터 사람과 동물은 그물처럼 얽혀 살아가는 한 가족이었지요. 그런데 언제부터인가 사람만 다닐 수 있는 길을 만들어 앞만 보고 쌩쌩 달려갔어요. 그동안 많은 동물들이 아파하며 사라져 갔고요. 가족 중에 누군가가 고통스럽다면 우리는 행복할 수 있을까요? 동물들도 우리 가족인데 말이에요.
>
> – 동화 「고라니를 부탁해」 일부

숲속 마을에서의 삶은 자연과 함께, 동물과 더불어 살아가는 공존의 길이다.

그렇다고 거창한 결심과 많은 계획이 있는 것은 아니다. 그저 우리 집 밭둑에는 울타리를 치지 않는 것이다. 밤사이 비트가 뿌리째 뽑혀 있고 상추 대가 끊어져 있어도 '잘 먹고 갔니?' 혼잣말 인사를 하며 지내다 보니 고라니 발길이 뜸해졌다. 어딘가에 더 좋은 먹을 것이 생겼기 때문이었으리라 믿고 있다.

그렇게 스무 번의 봄을 맞았다. 숲속 마을에서 마법의 가루 뿌려 길 하나 새로 만들듯 스스로 봄 길이 되어.

인생은 '오래오래 행복하게 살았다'는 동화처럼 진행되지는 않는다 하지만, 난 이 나이에도 여전히 동화처럼 살고 싶다.

김남희 | 1991년 『아동문학연구』 등단

○

길 위에 서서

김선미

　　지방에서 열리는 대학동창회 행사 준비 때문에 몇 차례 남자 동기생의 차량 신세를 진 일이 있습니다. 서울로 오는 중이었습니다. "아! 잘못 들어왔다!"라고 친구가 탄식하듯 소리쳤습니다. 안내판 읽어주던 것을 놓치는 바람에 일어난 일이었습니다. 미안한 마음에 분위기를 바꿔보려고 장난삼아 한 말이 문제였습니다. 그냥 이대로 가자고 했던 것입니다.

　　"아니! 돌아가야 해!"

　　평소와 다른 그 친구의 단호한 어조에 무슨 일이라도 있는가 싶어 왜냐고 물었을 때 대답은 의외였습니다.

　　"약속이니까!"

　　'약속? …'

　　'약속이 있어서'가 아니라 분명 '약속이니까'였습니다. 순간 약속이 결혼이라는 단어로 이어졌습니다. 스스럼없는 사이라 생각하고 한 농담이 지나쳤나? 그러나 곧, 웃음을 머금고 앞을 똑바로 응시한 채 운전대를 꼭 잡은 그의 옆모습에서 한 수 높은 농담이었음을 깨달았습니다. '멋지다!'라는 생각과 함께 커다란 감동이 밀려왔습니다. 잘못 들어선 길로 내처 떠나버렸다고 여겼던 한 남자가 불현듯 떠올랐기 때문입니다.

　　두 번째 부인과 살며 두 집 살림을 하던 그 남자는 노년에 본부인을 먼저 보냈습니다. 장례를 치른 후 성당을 다니던 부인을 따라 천주교로 귀의하고, 본부인 곁에 묻어달라는 유언을 남겼습니다. 성경의 시편에 있는 한 문장이 떠올랐습니다.

　　'내가 내 행위를 생각하고 주의 증거들을 향하여 내 발길을 돌이켰사오며'

그 남자는 나의 외할아버지였습니다. 비로소 우리는 가족사에 아픈 금을 입히고 가슴에 수만 가닥의 파문을 일으켰던 그분과 화해했습니다.

인생의 도상에서, 길을 잘못 들어설 때도 가야 할 방향을 잃을 때도 있겠지만 가던 길을 돌아서게 하는 터닝포인트 또한 반드시 있으리라 생각합니다. 길 위에 서서 물어봅니다. 지금 내 발걸음은 어디를 향해 가고 있는지를.

김선미 | 2011년 『문학마을』 등단

추억의 길, 부산 '초량이바구길'을 걷다

김숙현

세상에는 무수히 많은 길이 있다. 아스팔트길, 시골길, 기찻길, 골목길, 오솔길, 숲길, 해변길 등이 있고, 계절 따라 꽃길, 낙엽길, 눈길 등도 생겨난다. 다채롭고 다양한 길들 가운데 가장 아름다운 길은 뭐니 뭐니 해도 우리에게 잊힐 뻔했던 소중한 기억을 되살려주는 '추억의 길'이 아닐까 한다. 나의 영화감상 취미만큼 지도地圖 보기를 즐기는 남편 H는 방 안 통수 격인 나를 새로운 명소로 안내하길 즐긴다. 부산 토박이가 아닌 데다 길치인 내가 가고 싶다면 산길이든 강변길이든 옛길이든 낯선 길이든 갈맷길이든 어디든 데려다준다. H와 함께 부산 '초량이바구길'을 걸으며 새삼스레 전쟁과 피란살이로 얼룩진 아픔의 역사, 모진 고난 속에서 억척스럽게 자식들을 거뒀던 옛 부모들의 극진한 삶을 떠올렸다. 6·25전쟁이 터지자 서울에서 가장 먼 부산에 도착한 피란민들은 아는 집에 더부살이를 하거나 아니면 역 가까운 초량동 언덕배기에 판잣집을 짓고 살았다 이미 반세기도 더 지나 그 시절 다닥다닥 자리 잡았었던 산비탈 판잣집들은 사라졌지만 그곳에서 오밀조밀 정착했던 삶의 흔적이 '초량이바구길'로 되살아나게 됐다.

이바구길 초입에서 만나는 부산 최초의 물류창고인 남선창고 터 앞을 지나자 H의 목소리가 높아졌다. "부산 사람치고 남선 창고 명태 눈깔 안 빼먹은 사람 없다지만 우린 고등어만 먹고 자랐어. 당시엔 냉동시설이 부족해 바닷가에 가면 고등어를 거저 주다시피 했대. 그때 돈으로 10원만 주면 자배기에 한 거(하나 가득) 담아주었단다." 쉴 새 없이 쏟아내는 옛이야기의 추임새 따라 구불구불, 오르락내리락하며 산복 도로를 돌아들자 문득 바라보기만 해도 숨이 턱 막힐 듯한 가파른 계단이 펼쳐졌다. "우와!" 산동네로 진입하는 168개의 층

계, 그 가운데 불과 열 계단도 못 올라가서 다리가 후들거린다. 누군가는 물지게를 지고, 새끼줄에 구공탄을 꿰어 날랐을 계단, 옛 어머니와 아버지의 구슬땀과 기름내가 밴 초량이바구길 오르막 내리막을 걷다보니 문득 중국작가 노신의 말이 떠올랐다.

"희망이란 마치 땅 위의 길과 같은 것이다. 없었던 곳에 걸어가는 사람이 많아지면 곧 길이 되듯이 희망 또한 그와 같다." 일이 잘 풀리지 않아 앞날을 가늠하기 어려울 때조차 그들은 이 오르막 내리막을 지긋이 돌아보며 거기에 희망이 고인 듯이 한 걸음씩 또 한 걸음씩 발길을 내디뎠으리라.

김숙현 | 1969년 『현대문학』 등단

○

향기 있는 남자의 마음 길

김연선

잔잔한 휴일, 핸드폰이 부른다. ○○전자의 잔여 포인트 알림 문자다. 살림 맛에 빠져들고 있는 딸에게 전화를 걸었다. 아기 이유식을 만들려면 유리 재질의 믹서기가 필요하단다.

가까운 매장을 찾았다. 2층에서 서너 계단 내려온, 골리앗을 떠올리게 하는 남자가 공손하게 묵례를 한다. 믹서기가 있는 곳을 안내받아 물건을 자세하게 살폈다. 전기 주전자도 옆에 진열돼 있어 같이 보았다. 직원을 찾아 두리번거렸다. 필요한 거 있으십니까? 골리앗이 바로 뒤에 묵묵히 서 있었던 모양이다. 소형가전 본다고 하면 신경도 쓰지 않는데…. 책상 앞에 마주 앉은 골리앗이 태블릿을 열고 핸드폰 번호를 묻는다. 고객님, 남은 포인트가 있으시네요. 할인가 적용하면 두 개에 9만5천 원입니다. 1만5천 원만 계산하시면 됩니다. 합한 금액이 15만 원, 깎아달라는 말도 안 했는데…. 감동의 순간, 더 팔아주고 싶은 마음이 일고 필요한 게 생각났다. 공기청정기 필터도 필요한데요. 이 매장에서는 취급하지 않습니다. 신용카드를 건네받고 계산대로 갔던 골리앗이 돌아왔다. 영수증 위에 종이가 있고 그 위에 명함이 가지런히 묶여있다. 필터가 있는 매장에 대한 정보가 들어 있는 종이다. 모델명을 꼭 알고 가셔야 합니다. 전화를 해서 맞는 필터가 있는지 확인하고 가세요. 헛걸음하실 수도 있어서요. 인사를 하고 입구로 향했다. 계단은 불편하실 수 있습니다. 이쪽으로 나가시면 엘리베이터가 있습니다.

인사를 구십 각으로 하는 판매원을 수없이 보았지만, 이문 없는 손님을 분별없이 대하는 사람은 처음 만났다. 작든 크든 물건 하나 사고 팔아 주는 일이 서로에게 얼마나 고마운 일인지 깨닫게 한다. 서로 배려해 모든 만남을 기쁘게 한다면 다가간다는 게 얼마나 가슴 설레는 일이 될까. 가고 싶은 길이 되어주는 배려의 마음 길에서 다시 찾고 싶은 사람의 향기가 난다.

김연선 | 2009년 『한맥문학』 등단

○

내가 가야 할 길

김율희

　　　　　　몇 년 전 큰 수술을 받았을 때 나의 제일 큰 기도는 내가 환갑을 맞을 때까지 이 세상에 존재하는 것이었다. 그러던 중, 막상 환갑을 맞고 보니 기도가 이루어졌다는 감사함과 함께 앞으로 내가 어떻게 살아야 할지 많은 고민에 휩싸이게 되었다.

　성격이 그 사람의 운명을 결정한다는 말이 있다. 돌이켜보면 사람 각각이 가진 가치관에 따라 그 사람의 삶의 방향이 결정되는 것 같다.

　인생 제2막을 시작하며 나는 내 인생을 돌아보고 앞으로 내가 걸어가야 할 길에 대해서 좀 더 생각해 보았다.

　첫째, 한결같은 사람이고 싶다.

　살다 보면 자신의 이익을 구하기 위해서 지나친 아부를 하거나 다중적인 모습을 보이는 많은 사람을 만나게 된다. 그 사람의 진짜 모습이 뭔지 헷갈리는 경우가 너무 많다. 나는 이제까지처럼 앞모습이나 뒷모습이 똑같은 사람이고 싶다. 앞에서 이 말 하고, 뒤에서 저 말하는 사람이 되고 싶지 않다.

　둘째, 불의와 타협하지 않겠다.

　나는 그동안 여러 번의 어려움을 겪었다. 공적인 불의에 맞서기 위해 투쟁하면서 불이익을 당하기도 했고 소송 사건에 휘말리기도 했지만 결국 승소해서 진실이 승리하는 것을 지켜보았다. 앞으로도 마찬가지다. 하느님께서 새로 주신 삶을 절대로 함부로 쓸 생각이 없다. 불의와 악에는 단호하게 대처할 것이다. 더구나 개인적인 탐욕 때문에 거짓말로 남을 음해하거나 이간질하는 사람은 용서하지 않겠다.

　셋째, 나를 소중히 여기고 남을 위해 좋은 일을 많이 하겠다.

어쩌면 지금까지의 내 삶은 가족 우선이고 공적인 일 우선이었다. 신부님께 고해성사를 했을 때 제일 많이 들었던 말이 "자매님은 왜 스스로를 위한 일에 적극적이지 않은가?"였다. 지금까지는 타인에 대한 겸양으로, 나보다는 상대 방을 배려하느라 정작 나 자신은 상처투성이가 되어 있었다. 하지만 앞으로는 내 가치관을 조금은 바꿀 생각이다. 나 자신도 소중히 여기면서 타인을 배려 하겠다. 물론, 앞으로도 남을 위해 내가 할 수 있는 일은 최대한 할 생각이다.

꽃길을 걷고 싶지 않은 사람이 어디 있을까만 그 꽃길도 진실하고 정의로 운 길이었으면 좋겠다. 우리 모두가 걸어가야 할 그 길이 부디 거짓과 어둠을 이겨낸 길이기를 나는 간절히 기도한다.

김율희 | 1986년 『현대시학』 등단

○

홍시가 익어가는 길

김정선

　　문학모임에서 평사리 토지문학제에 참가차 굽이굽이 섬진강을 따라 하동에 갔을 때다.

　　그날 하동문화예술회관에서 간단한 세미나를 끝낸 우리 일행이 저녁 만찬을 위해 평사리 최 참판 댁으로 가는 길에서다. 그 길은 서울에서는 사라진 돌담들이 운치 있게 이어지고 집집마다 마당에 심어진 홍시 나무들이 골목도 내 집인듯 나뭇가지를 척척 뻗고 있었다. 그리고 그 가지마다 붉은 홍시들이 주렁주렁 매달려 달콤하게 익어가던 풍경들이 내 눈길을 확확 끌어당겼다. 내 주먹보다 더 큰 감들이 돌담에 얹혀 붉게 익어가던 풍경을 보며 그곳을 홍시 마을이라 이름을 달아도 손색이 없겠다는 생각을 했었다.

　　그날 홍시가 익어가는 길의 풍경이 얼마나 내 눈을 부시게 했는지 이 겨울에도 문득 생각이 난다. 지금쯤 그 나무들은 붉게 익은 홍시들을 사람들에게 내줘버리고, 잎도 져버린 앙상한 나무로 겨울을 나고 있으리라. 아무도 그 나무들을 관심 있게 눈여겨보지 않을 것이다. 그러나 내 눈에는 홍시들을 달고 황홀하게 서 있던 나무들만 보인다.

　　초봄의 벚꽃은 바람이 불 때마다 허무함을 말하며 흩뿌려지고, 늦가을 노란 은행잎은 나를 시인으로 만들며 사라져간다. 그런데 홍시는 이 겨울도 녹일 만큼 여전히 내 마음을 붉게 물들인다.

　　나의 지인들도 그런다면 얼마나 좋겠는가. 나의 안 좋았던 모습은 잊어버리고 나의 좋은 시절을 기억했으면 좋겠다. 내가 겨울이면 헐벗은 감나무를 생각하면서도 홍시를 탐스럽게 달고 서 있던 아름다운 모습만을 떠올리듯이. 나를 만난 그 계절이 돌아오면 나만의 인생살이로 세월 따라 물들고, 또 물들어 익어간 나만의 삶의 색과 향기로 그들의 마음에 남겨져 있고 싶다.

김정선 | 1989년 『수필문학』 등단

　　　　　　　　　　　　　　　　　　　　　　　　　　　　섬, 길, 벽

두 개의 물길

김현숙

오랫동안 한자리에서

물이 제 깊이에 수련을 담고 있는

길의 끝에서

또 하나의 길이 시작되고 있다

끝없이 흘러가면서

물이 제 흔들림으로 물풀을 기르는

갇힘과 열림 사이

멈춤과 흐름 사이

한 칸씩 생각을 딛고

건너갈 수 있는 다리를

사람에게 보낸 신神이여

＞　－ 졸시「물속의 길」 전문

　산의 온몸을 감고 있던 실안개는 비단 자락을 척척 거두어 몇몇 산들의 목에 휘둘렀다. 한계령을 따르는 구절양장의 길로 햇빛이 들어서면서 산은 그 우람한 바위들과 아랫도리를 덮고 있는 울창한 숲을 펼쳐 보였다. 순식간에 옥빛 하늘과 새털구름까지 설악의 장엄한 화음 속으로 밀려들었다.

　며칠, 나는 예까지 끌고 온 몇 줄기 인위적인 길을 허물고 자연 속으로 깊숙이 가라앉고 말았다.
　어느 새벽, 산이 아닌 신神이 내려준 또 하나의 새로운 길을 걸었다. 오솔길의 끝에, 애초엔 강으로 이어졌으리. 그러나 돌다리를 축으로 왼쪽, 말하자면 그 길의 끝은 연못이고 오른쪽으로는 강이 시작되고 있었다. 흐름의 결을 주저앉힌 못물에서 하얀 수련이 동동 떠올랐다. 맑은 얼굴을 떠받치고 있는 이파리들의 그늘이 끝없이 물밑 어둠을 키워내고 있었다. 돌연 나는 수심水深을 헤아릴 수 없는 적요寂寥 속으로 뚝 떨어져 내렸다.

강의 수초들은 편한 대로 서서 발을 담그고 있었고, 피라미 떼가 물풀의 엉긴 사잇길을 매끄럽게 넘나들었다. 날아드는 햇살을 받고 물결은 은빛으로 쪼개지고 있었다. 문득 황소개구리들이 내던지는 소리만이 두텁게 깔린 둘레의 정적을 비집고 툭툭 불거져 나왔다.

품고 있는 목숨의 탄력으로 강물은 쉼 없이 출렁거렸다.

어느 지점에서 분명 닿아있을 결이 다른 이 두 개의 물은, 이견異見으로 다투어 가끔 산산조각 내던 우리 미련한 사람들을 잠시 침묵하게 했다. 제도적 테두리를 수용하며 인내력을 기르는 행위나 자유를 찾아가는 본능적 생명력이나 다 삶의 다른 얼굴 아닌가.

서로 버티는 힘의 평형에 의지할 수밖에 없는, 나의 갇힘과 열림, 멈춤과 흐름, 견고함과 여림, 나의 우울과 기쁨 그리고 나의 뿌리와 잎이 거기 있었다.

김현숙 | 1981년 『월간문학』 시 등단

고갯길을 넘고 나니

김혜숙

　　남편의 실직. 누구에게나 숨이 턱 막힐 일이겠지. 우리 집 식구는 일곱. 올망졸망한 아들 삼 형제. 학교에 다니는 시누이와 시동생. 사십여 년 전, 그때를 떠올리면 아찔하다. 난 어렸고 삶은 묵직했다. 아이들 돌과 백일의 반지와 내 결혼 예물이 아기 분유와 쌀, 부식으로 둔갑했다. 어쨌든 살아내야 했다. 우연히 신문 광고란에서 '초등교사 임용고시'를 보고는 생존본능이 무서운 힘을 발휘했다. 당연히 절박했고, 단단히 몰입했다. 다행히 합격할 수 있었다. 진짜 기적은 남편의 분발이었다. 보따리장사라는 시간강사로 출발해 지방 국립대학교 교수로 안착하였다. 끼니를 걱정해야 하는 절박한 삶이, 젊은 부부를 각성시켜 새 출발 할 수 있었다.

　　아들의 교통사고. 서울의 천만 인구에 하루 한두 명 사상자가 생기는 그런 일이 내 아들에게서 일어났다. 하필 사법시험을 치르기 전날 밤이었다. 운전석에 끼여 졸도한 아들을 보며 '목숨만 살려 달라' 했다. 다행히 목숨을 건졌지만 다리에 쇠심을 박아 공중에 매달린 아들을 돌보며 정상적으로 걷게 해 달라고 간절히 기도했다. 기도란 내가 포기할 수 없는 마지막 바람이었다.

　　남편과의 사별. 내 인생 매듭이 싹둑 잘려 나가는 일이었다. 헛되고 헛된 인생을 자각하니 내 몸이 반기를 들었다. 물마저 삼키기 어려웠고, 가슴에 뜨거운 기운이 솟구쳐 올라오면 호흡곤란이 따라 왔다. 육체의 감옥 안에서 고독하게 울부짖는 몸부림이 찾아오면 차라리 이대로 눈감고 싶어졌다.

　　지금까지 온갖 고빗길을 넘어왔다. 인생이 좋기만 하면 글을 쓸 이유가 없고, 나쁘기만 하면 글을 쓸 여유가 없다. '글쓰기'란 일생의 반려자를 우연히 만난 건 분명 행운이다. 좋은 일에서 '겸손'할 이유를 발견하고, 나쁜 일에서

|2| 길

219

'인간 존엄'의 가치를 뽑아낸다. 내 인생 고빗길에서 내가 의지할 가치를 하나씩 발견하는 삶을 살고 있다. 살다 보면 살아진다. 그러나 글을 쓰고 나서야, 살아진 삶에서 후손에게 들려줄 문장 하나씩을 건진다. 이런 게 고빗길을 넘은 인간이 도달할 수 있는 존엄이 아닐까.

김혜숙 | 1996년 『한국수필』 등단

○

스스로 길이 되어

마선숙

시장 다녀오다 건널목 앞에 붙은 안내문을 보았다. 108번 버스 운행이 중지된다는 글이었다. 가슴이 쿵 내려앉았다. 살다 보면 이러지도 저러지도 못하는 암초와 맞닥뜨릴 때가 있다.

그때마다 배낭 하나 메고 집 앞 정류장에서 훌쩍 108번 버스를 탔다. 서울서 시골길을 달려주던 유일한 파란 버스였다. 노선이 길었다. 서울 한복판에서 덕정역까지 장장 88.4 킬로미터를 달렸다. 서울을 벗어나면 이어지는 시골길이 좋았다. 좁은 길에선 아기 울음소리, 멍멍이 짖는 소리, 부부 싸움 하는 소리까지 들려 삶의 한켠을 엿볼 수 있었다.

마음이 동하면 해동마을서 내려 나리공원이나 회암사지 혹은 옥정공원서 산책하고 오기도 했다. 코로나가 엄중해 사람을 못 만나게 되니 이 자유로움이 유일한 탈출구였다.

버스에만 오르면 현실을 잊을 수 있었다. 108번 버스는 108번뇌를 받아 주었다. 외로움을 삭혀주고 허한 마음을 달래주었다. 마음 내키는 데서 내려 걷는 길은 온몸으로 하는 치유고 기도였다. 디지털 시대에 아날로그 방식으로 나를 성찰하는 유일한 해방구였다.

현재는 불안정하고 미래는 두려워도 길을 걷다 보면 무념무상 어수선한 마음이 고요해지곤 했다.

안타까워서 버스 기사인 사촌 오빠에게 전화를 넣었다. 노선 폐지가 아쉽다고 했더니 언성이 높아졌다. 여태껏 왕복 네다섯 시간을 달린 게 기적이란다. 용변 문제로 국물 있는 음식은 못 먹고 돈가스나 김밥으로 허기를 채웠다면서 진작 폐지되었어야 한다고 열변을 토했다.

갑자기 부끄러워졌다. 나의 이기가 한심했다. 역지사지란 단어가 떠오르며 그동안 나의 외로움을 받아 준 것만 감사해하기로 했다.

익숙했기에 벗 같았던 108번 버스를 마음으로 떠나보내며 이젠 나 스스로 길을 열어야 한다고 깨달았다. 길 위에 내가 있고 길 아래 내가 있고 길 속에서 답을 찾아내며 무소의 뿔처럼 묵묵히 행군해야 함을.

마선숙 | 2013년 『시와문화』 등단

○

산길의 추억

문주생

선암사에서 송광사로 가는 길에 올랐던 것은 몇 해 전이었다. 등산보다도 다른 목적이 있었다. 유명한 보리밥집이 중간쯤에 있는데 그곳에 빚을 졌던 것이다. 산길에서 우연히 만난 일본인 관광객 십여 명과 함께 들어가 식사를 한 다음, 깜박 잊고 밥값 육천 원을 지불하지 못한 일이 있었다. 진즉 사과 전화를 해놓은 터였다.

산에 들어섰을 때부터 맘이 편치 않았다. 발밑에 있는 절집들과 온 산에 금방이라도 비가 내릴 듯 잿빛으로 드리워져 있었다. 늦겨울의 음울한 산길. 처음 왔을 때엔 주말이어서 등산객이 북적거렸으나 주중에 찾아왔던 때문인가. 적막강산이었다. 깊이 들어갈수록 긴장감이 더했다. 마른 잎 구르는 소리, 조그만 짐승이 달리는 소리만 들려도 가슴이 철렁했고, 시냇물 소리마저도 예사롭지 않았다. 몇 번이나 돌아설까 했지만 마음먹고 온 길이라 접을 수 없었다.

눈앞에 어떤 봉우리가 나타났을 때였다. 나는 빨리 넘으려고 걸어온 돌계단을 버리고, 봉우리 밑으로 걸어가 그곳을 넘어 보려 하였다. 가시와 나뭇가지에 걸리고 돌부리에 차일 뿐, 몇 걸음도 오르지 못하고 이리저리 헤매다가 다시 정도正道로 돌아오고야 말았다. 급할수록 천천히, 제 길을 딛어야 함을 잊었던 것이다. 길가에 앉아서 후들거리는 다리를 진정시켰다.

얼마를 걸었을까. 고요한 산에 남자들 음성이 멀리 뒤쪽에서 미세하게 들렸다. 가슴 조이며 기다렸더니 젊은 스님 두 사람이 오는 게 아닌가. 그날, 나를 도우신 신의 은총에 얼마나 감사했는지. 묵은 빚도 갚고, 스님들에게 유쾌히 점심을 대접하였다. 산에서 내려올 즈음 굵은 빗줄기가 후련하게 쏟아지고 있었다.

문주생 | 1989년 『한국수필』 등단

○

비 오는 날의 소묘

유숙자

남가주에 겨울비가 풍성하다.

수년 동안 가뭄에 시달려 가로수가 잎이 마르고 잔디가 누렇게 죽었는데 이 겨울, 우기에 맞게 연일 비가 내린다. 도시의 먼지를 말끔히 씻어주는 빗소리가 싱그럽다. 커피를 들고 창가에 서서 내리는 비를 바라본다. 한가로운 정경에 평안이 깃든다.

'거리에 비 내리듯 내 마음에 눈물 흐르네/ 내 마음속에 스며드는 이 우울함은 무엇일까?'

베를렌의 시구가 귀에 어려 음악처럼 흘러내린다. 이런 날 들으면 제격인 쇼스타코비치의 〈로망스〉를 턴테이블에 올렸다. 비극적 분위기의 멜랑콜리한 첼로 음률. 고독의 슬픔이 잦아드는 낮고 깊은 멜로디가 늪처럼 고인다. 이 감상을 공유할 수 있는 누군가 있었으면 좋겠다. 세월을 함께 나눈 친구라면 더 좋겠지. 텔레파시가 통했나? 한 친구가 빗방울이 구슬처럼 맺혀있는 매화 꽃가지를 전송해 주었다. 매화만큼이나 심성이 고운 친구다.

비 오는 날은 습관처럼 촛불을 밝힌다.

황금색 밀초는 아니더라도 굵은 초가 밝혀주는 은은한 빛은 아늑하고 신비해서 좋다. 촛불을 은총처럼 덧입은 캔디 부케와 장미가 어우러져 거실의 분위기를 더한다.

며칠 전 결혼 50주년을 맞았다. 그즈음 가깝게 지내는 친지 몇 분이 축하의 자리를 마련해 주었다. K목사님 내외분께서 금혼식을 축하한다는 메시지가 달린 진기한 선물을 주셨다. 사모님께서 몸이 불편하심에도 불구하고 인터넷을 샅샅이 뒤져 예쁜 막대 캔디 50개를 구하여 장미 모양의 부케를 만들어 주셨다. 캔디 하나하나를 싸서 사랑과 정성을 듬뿍 담아 주셨기에 부케를 받으며 눈물이 났다.

꽃을 좋아하는 내게 붉은 장미 50송이를 품에 안겨 주던 후배의 정성은 어떤가. 평소에도 이따금 계절에 맞는 꽃을 한 아름 안고, 꽃보다 더 환한 미소를 띠며 지극 정성 방문해 주는 후배. 그의 살뜰한 보살핌이 있었기에 수술 후 빠른 회복이 가능했다. 축하의 자리에 함께 참석하고 영양 간식을 챙겨와 한 아름 건네주던 K의 배려 또한 가슴을 뭉클하게 만들었다. 얼굴만큼이나 마음도 고운 문우다. 비를 보며 풍성한 감상에 젖을 수 있어 이 시간이 좋다. 혼자 있어도 행복하다.

비 오는 날은 추억 여행을 떠난다.

우리 만났지. 아주 오랜 적 친구인 우리.

10살 20살 같이 보낸 우리가 이제 내일모레 60인 채로 가을 불붙는 단풍의 색깔로 변해있는 모습.

흑백사진 속의 단발머리 소녀. 그 눈빛, 웃음은 여전한데 꼭꼭 숨어 버린 세월이 잡힐 듯 보일 듯 앞을 가리네.

진초록 빛깔이 그리운 건 아니련만 가슴 속 울렁이는 아린 이 울림.

내일모레 약속하지 말자며 메마른 손등에 남겨 놓은 우리의 입맞춤.

하얀 종이 위에 무수한 낙엽을 떨구면서 빨강 파랑 노랑 그립게 서럽게 물감들이네.

60을 바라보던 어느 날 친구와 한 줄씩 번갈아 써 내려간 글. 우리는 「그림」이라는 시제를 붙여 한 장씩 나누었다. 10살에 만나 긴 세월을 다져온 젊은 시절 이야기이다. 지금도 만나면 알 수 없는 미래를 설렘 속에 맞자며 철없는 이야기를 나누지만, 이미 내 두 다리에는 본의 아니게 철이 들어 있기에 철이 들고 말았다.

옛 친구를 옛날의 시간 속에서 떠올리며 가슴 적셔주는 우정이 한 송이 꽃처럼 눈부시다. 세월이 몇십 년 흘러도 마르지 않고 구겨지지도 않고 단단해지지도 않은 친구의 투명한 영혼이 신선한 바람처럼 나를 눈뜨게 하고 시가 되어 내 영혼을 흔든다. 가슴 저린 그리움이 있어 흑백영화 시절의 이야기 속으로 빠져들게 되는가 보다.

유숙자 | 1996년 『수필문학』 등단

○

체리가 익는 곳

이명희

한 줄의 詩로, 우주를 채울 수 있는 것은 사랑이다.

풀과 나무, 태양과 구름 그리고 소나기와 눈보라, 달빛이 별빛이 아름다운 것은 Kingdom of God.

사랑…! 그 시로 우주 만물이 창조되었으니, 우주는 詩요, 과학이 아니다.

나무와 마주 보는 일상, 소나무와 전나무, 그 솔가지 위로 맑은 공기 한 줌을 물고 새들이 날아간다. 아파트 유리문에 비친 사람들은 마치 어항 속 금붕어 같다.

가상이 현실로 다가온 우주 관광 산업, 그 바이러스가 없는 스페이스를 동경하는 것일까. 영국의 억만장자, 리처드 브랜슨 버진그룹 회장이 드디어 우주 관광 여행을 다녀왔다. 자사의 우주 비행선을 타고… 한 시간이 채 안 되는 48분? 아무튼 그의 첫마디다.

"Wow~! 우주에서 본 지구는 참으로 아름다웠다. 완전 마술이다."

행성 중의 보석, 그 지구에 사는 우리는 얼마나 행복한가. 물, 바람, 공기, 흙 그리고 드넓은 초원에서 자라나는 야생 풀, 꽃 와일드 노루 너구리 등, 그 하나의 푸른 물결이 지구의 빛깔이다.

동화가 길을 잃었다. 밤하늘을 바라보며 꿈꾸던 '푸른 하늘 은하수 하얀 쪽배에-' 그 상상은 얼마나 아름다웠던가.

우주 과학이 보여 준 별들의 전쟁~, 인간이 쏘아 올린 수 천개의 인공위성들…. 그래도 괜찮은 것일까.

자연은 인간의 사랑을 원한다. 우주 만상, 그 경이로운 질서를 아는가. 공유할 때다. 인류의 생존을 위하여~!!!

에덴은 체리, 그 사랑이 익는 곳이 아닐까.

이명희 | 1999년 『한국수필』 등단

○

걸 멍 빗자루

이부림

나는 자칭 '동네 빗자루'다. 반세기 가까이 한 곳에 살면서 온 동네를 휩쓸고 돌아다닌 내 치맛자락에 골목 쓰레기나 먼지가 모두 날아간 듯해서다.

우리 동네는 K대학이 자리 잡은 고황산 자락에 만들어져서 경사진 골목이 많다. 구불구불 오르내리는 길이다. 전깃줄에 얽혀있는 구시가지의 작은 동洞이지만 전철역이 있고 각급 학교, 은행, 대형마트, 재래시장, 대학 병원 등, 편의 시설이 다 있어 웬만한 일들은 걸어서 마무리할 수 있는 생활권이다.

반평생을 얼마나 휘젓고 다녔는지 '경보競步 아줌마' 소리를 들을 만큼 바삐 살았다. 하지만 지금은 어르신 대접을 받으며 한가로이 동네 길을 나돌면서 자주 멍 때리기를 시도한다. 불 멍, 물 멍, 숲 멍처럼 편안히 보는 멍이 아니라 걷는 멍이다. 장수 시대를 맞아 '걸생生눕사死'라는 말이 있다. '눕' 멍하지 않고 '걸' 멍하니 힐링되고 운동하고 일석이조 아닌가.

멍 때리기도 쉽지 않다. 주변 환경에 몰입하는 노력이 필요하다. 아니면 보이는 것들을 적당히 무시해버리던가. 해찰하는 아이가 되어 이리저리 눈을 팔면 같은 길도 조금씩 달라 보인다. 토박이답게 미로 같은 골목들을 훤히 꿰고 있다. 막힌 골목도 일부러 들어가 돌아 나오면서 이집 저집 대문 밖에 내놓은 화분의 꽃들은 피었는지, 상추 고추는 얼마나 자랐는지 둘러보며 일상을 잊는다. 헐고 짓는 주택들은 늘어가지만 오거리 골목들은 여전하다. 달라지는 건물들의 층수를 세느라 정신 줄을 놓고 걸으면 앞사람과 부딪힐 듯 스치기도 하고 튀어나온 보도블록에 차이기 십상이다. 그래도 즐겁다. 대학생들이 그린 벽화 골목의 해바라기나 동물들은 보고 또 보아도 물리지 않는다. 골목길의 기운을 받고 돌아오는 발걸음이 가벼워진다. 머리가 꽉 차 띵하거나 텅 비어서 휑할 때, 멍청하니 걸어도 늘 안전하게 집까지 데려다 주는 익숙한 골목길이다.

온 동네를 훑으며 쏘다닌 '동네 빗자루'. 이제는 내 앞길을 쓸어주며 흰 머릿속 묵은 분진을 말끔히 털어주는 '걸 멍 빗자루'.

이부림 | 1992년 『문예사조』 등단

○

길 위의 나그네

이자야

오늘도 길을 나선다.

나는 그 정해진 길을 날마다 오고 간다. 그렇다. 사람에게는 다 정해진 길이 있다. 그 길을 따라 평생을 살아간다. 어렸을 때 나의 길은 황강을 끼고 도는 황톳길이었다. 좁은 사잇길에 잡초가 우거졌다. 소달구지도 다니고 때로는 짐차가 먼지를 일으키며 달렸다. 그래도 나는 아이들과 그 길을 지겨운 줄 모르고 오고 갔다.

자라서 도시로 나오면서 포장이 잘 된 곧은길을 걷기 시작했다. 그 길은 평탄했지만, 늘 그 길을 벗어나고픈 욕망에 사로잡혀 있었다. 어디 머나먼 곳, 가보지 못한 낯선 길을 동경해 왔다.

그러나 생활이 나를 자유롭게 놓아주지 않았다. 좀 더 편안한 길은 없을까 하고 이길 저 길을 찾아다녀 보았으나 결국은 매연 가득한 도시의 길을 따라 걸을 수밖에 없었다.

내 인생도 그 길 위에서 부대끼며 살았다. 이제는 지칠 만큼 곧은 길도 걸었고, 구부러진 길도 걸었다. 똑바른 길도 걸었고, 돌아가는 모퉁이 길도 숱하게 걸었다. 그런데도 나는 아직 길 위에 서 있다.

나는 늘 꿈꾼다. 이 길을 벗어나 언젠가는 진정 가고 싶은 나의 길을 걸으리라고.

사람들은 누구나 자신의 길을 벗어나고픈 욕망에 사로잡혀 있다. 그래서 모두가 여행을 떠난다. 얼마 전, 나도 다른 길을 찾아 베트남의 호찌민을 다녀왔다. 그곳에도 여러 갈래의 길들이 있었다. 호찌민에서 메콩강까지 두어 시간을 달리는 동안 길은 끝없이 이어졌다.

가도 가도 끝없는 평원과 그 넓은 들판엔 물소들이 유유히 풀을 뜯고 있었고, 산과 언덕이 없는 들판엔 묘지들도 보였다. 초라하게 흔적만 남은 묘비석도 보였고, 정자처럼 묏자리를 차지한 넓은 묘지도 논 가운데 보였다.

마을은 도로가에 옹기종기 모여 있고, 길을 따라 길게 인가들이 촘촘하게 들어서 있었다. 그 길 위로 그들의 삶이 영위되고 있었다. 제대로 포장이 안 된 도로 위로 오토바이들이 먼지를 일으키며 달렸고, 사람들이 오갔다. 길을 따라 서 있는 가옥은 초라하기 그지없었다.

그렇게 넓은 평원을 지녔으면서도 그들의 삶은 고단해 보였다. 가난의 한과 눈물의 이승 바닥이 길을 따라 도사려 있었다. 나는 깨달았다. 내가 그리던 머나먼 이국땅의 그 길들도 나의 길과 크게 다를 바가 없다는 것을….

그래, 그렇다. 인간이 사는 곳엔 길이 있다. 그 길을 따라 우리는 평생을 걸어간다. 고단한 길도 있고, 평탄한 길도 있다. 길을 따라 편한 인생도 있고, 길을 따라 극악한 삶도 있다.

결국, 우리는 길 위의 나그네다.

이자야 | 2000년 『수필문학』 등단

○

여름 달밤의 풍경

이재연

　　칠월 하순의 태양은 베란다를 향해 쏟아지고 있다. 해가 떠 있는
동안 빛 속에 집이 잠겨 있다. 이 더운 날에 마스크 쓴 행인 한 사람이 인내의
발걸음을 뚜벅뚜벅 옮기고 있다. 매미는 곧 다가올 죽음 앞에서 사랑을 찾기
위해 온몸으로 노래 부르고 있다. 바로 이때 반란의 날개를 펴고 모험하듯 네
가 선택한 길의 끝까지 가보라고 아우성치고 있는 듯하다.

　　나는 집을 나서 저 멀리에서 손짓하고 하고 있는 듯한 꿈의 푯대를 향해 걸
어간다. 말간 대기 속에서 푸른 꿈의 빛이 앞길을 비춰 주리라는 생기 가득한
마음으로 한 걸음씩 한 걸음씩… 길에서 길로 걸어가면, 불현듯 요즘 내가 목
마름 속에서 흐느끼고 있는 이유의 정체를 알 것이다.

　　길 저쪽에서 맞은편 집 반지하에서 살고 있는 지인이 걸어오고 있다. 가까
이 다가서자 그녀의 갸름한 눈에 불안의 그늘이 스며있는 것이 보인다. 그 슬
픈 인식의 순간, 내 속의 그늘이 불안감이라는 생각이 스친다.

　　그러던 어느 날 달 밝은 저녁이다. 나는 같은 동네에 살고 있는 문학을 사랑
하는 친구를 관악산 양재 천변의 교육관 앞 벤치에서 만났다. 우리는 이 암울
한 시절을 극복하려는 듯 합평회를 만들었고, 처음으로 각자의 짧은 글에 대
한 느낌을 말하는 시간이다. 저녁 달빛에 울창한 검은 숲은 낮의 더운 열기를
식히며 휴식에 잠겨 있고, 숲 냄새를 풍기는 바람이 우리의 창조적 출발을 축
하하듯 한 움큼씩 지나간다. 우리는 마스크를 벗고 보온병에서 허브차를 따
라 마시며 기쁘고 슬픈 인생 얘기를 나누다 눈을 반짝거리며 글에 대해 말하
기 시작한다. 이 여름 더위 속에서 땀 흘리며 작업을 했지만, 어딘지 채워지지
않는 아쉬운 구석이 있다. 글 쓴다는 것은 예술의 광대한 빛 안에서 좁은 길로

들어서는 것이다. 외등 불빛 아래 친구의 눈이 빛나 보인다. 친구의 눈은 거울에 언뜻 비치는 나의 바라고 또 바라는 눈처럼 보인다. 나는 친구의 눈에서 불안한 이 시대의 공기에서 벗어나 창조적 삶의 길로 전진하려는 나의 간절한 열망을 본 것이다.

이재연 | 1970년 『현대문학』 등단

○

정적

이정림

매주 화요일 아침이면 나는 동교동 로터리에서 합정동 쪽을 향해 걸어간다. 삼거리에서 길모퉁이를 돌면, 아침을 활발하게 시작하는 나이 든 여인들의 인사 소리가 요란하게 밖으로 새어 나온다. 생명보험 건물인 것이다. 그 아래로는 일주일치 편지를 모아두었다가 한꺼번에 가서 붙이곤 하는 작은 우체국이 있고, 그 우체국 바로 옆으로 외줄기 기찻길이 나 있다.

내가 그 기찻길에 닿는 시각은 아홉 시 사십 분쯤, 그 시간이면 어김없이 기차가 지나간다. 손님을 태운 객차가 아니라, 둔중해 보이는 화물차다. 차량은 모두 해야 서넛밖에 안 되지만, 그래도 기차는 기차라서 가던 걸음을 멈추고 서 있어야 한다.

일이 분을 다투는 출근 시간에, 땡땡 치는 종소리와 함께 느릿하게 들어오는 기차를 기다리고 서 있노라면, 처음에는 마음이 급해 조바심이 났었다. 그러나 주위를 둘러보니, 사람도 자동차도 그 허술해 보이는 차단기 앞에서 얌전히 멈추어 서 있지 않은가.

성미 급한 운전사도 차단기 앞에서는 꼼짝없이 서 있어야 하는 순종과 평등의 시간. 소리만 들리지 모습은 보이지 않는 기차를 기다리고 있는 것이 갑갑하여 차단기 밑으로 지나가려는 이도 있을 법하건만, 사람들은 귀한 손님이라도 기다리듯 공손히 두 발 모으고 서 있다.

어느 날, 그 느릿느릿 지나가는 기차의 운전석에서 기관사가 늘어지게 하품을 하는 모습을 보게 되었다. 그 모습을 보자 나까지 덩달아 하품이 나올 것 같아지면서 갑자기 부글거리던 조급증이 거품처럼 가라앉는 것이었다. 그리고 알 수 없는 편안함이 내 전신을 휘감았다.

나는 이제 그 건널목 앞에서 걸음을 멈추고 있는 그 짧은 시간을 즐기게 되었다. 분주한 동動의 세계에서 내밀한 정靜의 세계로 들어가는 시간, 온갖 잡음이 소멸한 그 정적靜寂 한가운데에서 나는 마음을 비우는 연습을 할 줄 알게 된 것이다.

도심 속에서 만나는 정적, 일주일에 한 번 무심無心을 배울 수 있는 화요일의 아침을 그래서 나는 사랑하게 되었는지도 모른다.

이정림 | 1976년 『한국일보』 등단

○

행복한 골목길

이진숙

나이 든 탓일까? 나는 오래된 이 골목길이 참 좋다. 약간의 오르막과 내리막에 길 양쪽 감나무 가로수 그늘도 좋다. 이 길엔 또 나를 더 행복하게 하는 것들이 많다.

연세 많으신 분들이 많이 사는 이곳, 집집마다 담 위에 올려놓은 검은색 플라스틱 붉은색 화분 개중엔 하얀 스티로폼 박스와 야릇하게 생긴 항아리 등 각양각색의 화분들에 절로 미소 짓게 하고 주인 어르신들의 사랑과 정성으로 피워낸 아름다운 꽃들은 골목길을 환하게 하며 이 길을 걷는 모든 이들에게 훈훈한 행복을 준다.

또 내리막길 끄트머리 손바닥만 한 삼각형 자투리땅에는 해마다 한 할머님이 열심히 가꾸시는 밭이 있다. 올해도 예쁜 화초들로 가득하다. 내가 어렸을 때 보던 순수한 우리 꽃들, 화려하진 않지만 소박한 내게는 너무나 정다운 꽃들이다.

납작이 앉아 장독대 둘레를 환하게 장식해주던 채송화부터 어릴 때 언니들이랑 백반 넣고 곱게 찧은 꽃잎을 손톱에 올려놓고 잎으로 감싸 실로 꽁꽁 묶고 혹시 밤에 자다가 빠질까 봐 조심스레 두 손을 가슴에 얹고 걱정하며 잠을 잤던 봉숭아꽃, 아침 이슬 머금고 나팔처럼 입 벌려 웃는 분꽃, 닭 볏처럼 꼬불꼬불 빨갛게 핀 맨드라미, 그리고 백일홍, 금잔화, 찔레꽃 등 지금은 거의 보기 드문 꽃들이라서 더욱 애틋하고 사랑스럽다. 난 왜 이 꽃들을 보면 가슴이 짠한지….

그런 이 꽃들을 날마다 사랑과 정성으로 열심히 키워내시는 할머니, 오늘도 바가지로 물을 떠다 주시느라 바쁘시다. 그새 할머니 허리가 더 꼬부라지신

것 같다

"할머니 힘드시죠?"

"뭐시 힘드노! 꽃이 안 존나, 사람들이 이 길을 가메 오메 보문 좋지! 내도 좋고-"

오가는 이들이 보고 좋으라고 꽃을 가꾸신다는 할머님, 그래서 당신 마음까지도 행복하시다는 분, 이 어르신이야말로 진정 아름다운 사회를 만드는 분이 아닐까?

오래오래 건강하시면 좋겠다. 나는 이 길이 참 좋다.

이진숙 | 1995년 『시조생활』 『예술계』(수필) 등단

○

부자 목록

정명숙

지금으로부터 90년 전으로 타임머신을 타고 가볼까요? 우리나라는 일제 강점기 우리말과 글을 통제받던 때로 『조선일보』『동아일보』 그리고 『삼천리』 잡지가 국민의 가슴을 위로하고 있었다. 1929년 파인 김동환 시인이 『삼천리』 잡지를 창간하여 서양화가 나혜석의 「파리 여행기」를 실었다. 나혜석은 최린과의 염문으로 이혼당하자 「인형의 집」을 거론하며 우리나라에 첫 여성해방의 효시가 되었다.

『삼천리』 잡지의 권말부록으로 조선 8도 부자 명단이 나온 것은 아마 1930년경으로 동산과 부동산을 합쳐 10만 원 이상의 재산을 소유한 갑부들이었다. 10만 원만 가지면 부자 행세를 할 수 있었다. 백만장자라면 하늘이 내린 부자로 추앙을 받았다.

때때로 신문잡지에서 앙케트로 '당신에게 지금 백만 원이 생긴다면 무엇에 쓰시겠습니까'라는 흥미 기사가 실리기도 했다. 유행가 가사까지 '만약에 백만원이 생긴다면은…'이라는 가사가 떠돌아다닐 정도였다. 천만 원, 억대에 이르러서는 엄청난 액수에 놀라 자빠질 정도였다.

때는 윤심덕의 〈사의 찬미〉가 전국으로 퍼져나가는 한편 돈타령으로 조금이나마 국민을 위로한 것 같다. 아버지가 삼천리 부자 목록에 오르고 돈 때문에 많은 시달림을 받는 것을 가족들이 알게 되었다.

그래서 돈(재물)에 대한 생각을 하게 되었나 보다. 돈이란 너무 많아도 걱정, 찢어지게 가난해도 걱정, 그저 평범하게 살 만큼 있으면 된다는 길을 알게 된 것을 정말 다행이라 생각한다.

정명숙 | 1968년 수필집으로 등단

나무의 희망 수업 듣는 숲길

정화신

광교산 한 자락인 잡목 숲으로 가는 길이다. 나무 사이로 난 길을 걷는 일은 언제라도 좋다. 그것은 나무의 시간, 나무의 생각으로 들어가는 길이다. 그 속에서 나는 배우기를 즐거워하는 학생, 노래하는 새, 더 놀자고 하는 친구다.

버들치 고갯길의 백양나무 세 그루가 먼저 반긴다. 30년? 아니 50년은 넘었을 나무들이 햇살과 바람을 만나 아이처럼 환호하며 반짝이는 음악을 켜고 있다. 그 모습이 보기 좋아 뒷걸음으로 천천히 오른다. 이 나무들, 벗은 몸 흰 가지로 있을 때는 성자 같다.

작은 약수터로 가는 길, 첫 번째 샛길로 들어서면 스무 걸음도 안 되어 갑자기 탁 트인 공간이 나온다. 하늘 넓은 곳 비탈에 있는 어느 문중 묘지가 만드는 풍경이다. 맨 위 가운데에 자리한 크고 둥근 무덤의 주인은 여인, 넉넉한 품으로 후손들을 감싸고 있다. 내가 좋아하는 이곳은 까치나 까마귀가 종종 놀다 갈 뿐 늘 적요하다. 하늘 아래 있는 이 고요하고 평화로운 풍경을 볼 때면 숲지기만 아니라 묘지기도 할 수 있을 것 같다. 생몰년 사이의 시간을 풀어놓으면 소란스러워지려나? 죽음을 돌아간다고 말하는 우리말이 아름답다.

돌아갈 본향 있는 것이 감사하고 오늘을 사는 것이 기쁜 나는 가만가만 노래 부르며 숲길을 간다. 이번에 멈추어 쉬는 곳은 중간 오르막 벤치다. 이곳에서는 숨을 고르며 눈을 감고 들려오는 소리에 귀를 연다. 숲이 품은 소리가 들려온다. 천천히 눈을 뜨고 빛 속에서 드러나는 것들을 향해 인사를 하면 눈 따라 마음도 밝아진다. 다음은 약수터 '물구나무 벤치'다. 비스듬히 누워서 하늘 향해 가지를 모으고 있는 나무와 흘러가는 구름을 본다. 뿌리는 땅, 가지는 하늘을 지향하면서도 충돌하지 않고 생명의 기운을 다해 사는 나무가 아름답고 숭고하다. 문득 보니 후박나무 넓은 잎이 벌레 먹어 구멍 숭숭 났는데, 그 사이로 들어오는 하늘이 파랗다. 오늘도 숲에서 나는 나무의 생각, 나무의 희망 수업을 듣는다.

정화신 | 1993년 『현대수필』 등단

○
아직도 가야할 길

조선희

인사동 그 거리에 서 있었습니다.

어디로 가야 하나.

동네 골목처럼 낯익은 거리가 갑자기 텅 빈 폐허처럼 낯설기만 하고 저 자신이 그렇게 작고 초라할 수가 없었습니다.

존재의 미미함이.

존재의 가벼움이.

인사동 어느 곳이든 들어가 목도 축이고 쉬고 싶었지만 행여 내 초라한 모습이 드러날까 봐 지하도로 내려왔습니다.

뭍으로 올라온 해파리처럼 몸이 졸아드는 듯하여 망연히 넋을 놓고 벤치에 주저앉아 시간을 죽이고 있었습니다.

그래도 행여 지상에서 구원의 목소리가 들려와 내 몸이 다시 생기를 찾을지도 모른다는 한 가닥 기대를 하고 있었는지도 모릅니다.

인간은 얼마나 어리석으며 자기모순에 빠져 있는 나약한 동물인가를 볼품없이 졸아들어 숨도 못 쉬는 내 초라한 목숨을 내려다보며 실소를 금했습니다.

길고도 아득하고 어두운 길을 돌아 어떻게 집으로 돌아왔는지 제 손에는 『아직도 가야 할 길』이라는 책 한 권이 들려있었습니다.

어느 목자가 내 모습을 내려다보다가 손에 쥐여준 그 책 속에는 그대가 내게 들려준 진리, 그리고 제가 이미 알고 있는 너무나 일반론적이면서 너무나 슬픈 이야기로 인간은 얼마나 불완전하며 쓸쓸한 존재인가를 재확인시켜 주고 있었습니다.

"사랑의 생·노·병·사를 몰라 성격은 망가지고 생은 고단하기만 한 사람을 위한 책이다"라 전제하고 "사랑을 받는 일이 생의 목적인 사람들은 그 목적을 성취할 수 없다. 사랑을 받고자 노력하는 이가 사랑을 위해 아무것도 하지 않기 때문이 아니라 행위의 동기가 '집착'이어서 사랑의 이름으로 상대방의 자유를 박탈하기 때문이다."

이 책에서 말하는 사랑이란 남녀 간의 사랑뿐 아니라 부모와 자식 등 인간과 모든 사물과의 사랑에 대한 얘기입니다.

『아직도 가야 할 길』은 이렇게 정의를 내립니다.

"불안정한 생 속에서 상실을 두려워하지 말고 스스로 가치 있는 사람이 되어라, 그 가치는 무엇보다도 자신을 존중할 줄 아는 능력에서 온다."

그대여,

창밖에 햇살이 찬란히 일어서고 있습니다.

조선희 | 1991년 『수필문학』 등단

○

노르드캅으로 가는 길

조한숙

북극 희망봉, 노르드캅Nordkapp으로 가는 길은 참 멀었다.

유럽, 아시아, 북미 대륙 중에서 가장 북쪽에 있다는 북극곶, 스칸디나비아반도의 최북단, 노르드캅에 가까지는 꼬박 사흘이나 걸렸다. 그것도 서울에서부터 치자면 닷새째 되는 날 밤에 가까스로 도착할 수 있었다.

지난 6월 어느 날 아침, 노르드캅을 향해 떠났다.

지구의 한쪽 끝, 북극권의 땅, 북위 71도 10분 21초에 있는 한 점을 밟아본다는 사실이 떠나기 전부터 가슴을 설레게 했다. 그곳에 서면 북극해의 물결 위에 태양이 지지 않고 머물러있다가 다시 떠오른다는 신비스럽고 경이로운 대자연을 마주할 수 있다고 했다. 천인단애 땅끝에 서서 망망대해를 바라보며 지지 않는 태양을 바라보려고 그곳에 가는 것이다.

코펜하겐, 스톡홀름, 헬싱키를 거쳐서 산타클로스의 마을, '로바니에미'에는 자정이 가까워 도착했다. 백야 덕분에 밤하늘은 훤하게 밝아 있었고 날씨는 쌀쌀한 이른 봄 같았다. 북극권에는 이미 여름이 왔고 백야가 시작되었다. 우리의 여정은 빡빡했기에 낮이고 밤이고 쉬지 않고 달려야 했다. 버스를 타고 온종일 숲속 길을 달리는 날도 있었고, 하얀 자작나무 숲속에서 무리를 지어 다니는 순록들을 바라보는 행운을 만나기도 했었다. 핀란드와 노르웨이의 국경을 지나 노르웨이의 첫 동네, '카우토케이노'에 갔을 때 그곳은 황량하고 쓸쓸했다. 그 마을을 지나서 본격적으로 노르웨이 북쪽 끝을 향해서 달려갔다.

노르드캅으로 가는 길은 생각만큼 아름답지가 않았다. 가까이 갈수록 사람의 손이 전혀 닿지 않은 황폐한 자연의 연속이었다. 여름철이라 해도 벌판에는 언제 왔는지도 모르는 눈이 쌓여 있었고 사람이 살기에는 힘든 곳이었다. 유목

민 사미족들이 순록을 키우며 드문드문 살고 있다고 했다. 북극이 가까워지면서 두꺼운 이끼층으로 덮여있는 황무지, 툰드라 지대가 펼쳐졌다. 툰드라 지대에서도 순록들이 풀을 뜯고 있었다.

드디어 도착한 노르드캅은 상상했던 대로 바다를 바라보며 외롭게 우뚝 선 벼랑이었다. 지구를 버티고 파도와 바람과 맞싸우며 서 있는 해발 307m의 깎아지른 벼랑이었다. 그곳에서 하지 때의 경이로운 태양을 바라보리라 기대했건만, 그것을 보기 위해 며칠을 달려왔건만, 흐린 날씨에 날아갈 듯이 불어대는 비바람 때문에 어렵게 찾아온다는 행운을 잡지 못했다.

북유럽 마지막 땅, 그 땅 위에는 지구를 닮은 지구본이 외롭게 서 있었다. 저 아래 벼랑 틈으로 보라색 작은 꽃이 바람에 심하게 흔들리고 있었다. 땅끝에 매달려 바다를 바라보며 살고있는 그 꽃의 강인한 생명력이 위대해 보였다.

조한숙 | 1990년 『에세이문학』 등단

○

또 하나의 존재양식

홍혜랑

서른 남짓 짧은 생애를 살다 떠난 전혜린이, 1950년대 말 독일 유학에서 돌아와 쏟아낸 수필들은 사유와 지성이 폭발할 듯 탱탱했다. 대학 신문사의 학생 기자였던 나도 원고를 청탁했다. 약속한 날 강의실 밖 벤치에서 원고를 건네주던 가냘픈 그녀 앞에서, 평범한 여대생이던 나는 한국 땅에도 이렇게 타고난 여성 철학가가 있다는 것에 가슴 설레었다. 여성은 철학에 어울리지 않는다는 인습에 젖어 살던 세상이었기에, 한 젊은 여성의 생래적 '인식애認識愛'는 시대를 파격할 만큼 전위적이었다.

알다시피 '죽음'은 전혜린의 삶에 자석처럼 붙어 다녔다. "인생은 어린이 놀이터가 아니다. 스스로 체험하지 않았다고 해서 죽음이 없는 것처럼 행동하지 말라. 나는 죽음을 알아야 한다. 죽음 뒤에 숨어있는 것을 알아야 한다. 제발, 우리 함께 그것에 대한 방편을 숙고해 봐요. 서로서로 돕자고요." 애절한 호소다. 그녀가 약관의 고비를 잘 넘기고, 블레즈 파스칼만큼만 운이 좋았다면 얼마나 좋았을까. 39세에 요절한 파스칼도 정신착란에 빠질 만큼 죽음과 대결했지만, 마침내 죽음은 이성적 인식의 대상이 아니라는 것을 고백하고 떠났다. "신은 왜 나에겐 파스칼에게서처럼 구현具現되지 않는 것일까." 전혜린의 고통스러운 절규였다.

내 어머니는 아버지 보다 9년을 더 우리 곁에 머물다 가셨다. 아버지 곁에서 영원을 살고 싶은 어머니의 속내를 알고있던 우리는 아버지 산소에 비석을 세울 때 망자의 이름 옆에 이승에 계신 어머니 이름도 나란히 새겨 넣었다. 성묘갈 때 동행하신 어머니에게 40대의 딸은, 이승과 저승의 이중국적자인 어머니의 심중이 궁금했지만 묻지 못했다. 석공이 비석에 이름을 새긴 어머니와 이름이 새겨지지 않은 나는 죽음을 경계로 이방인처럼 느껴졌었다. 팔십을 넘고 보니 그때 어머니에게 묻지 않기를 참 잘했다는 생각이 든다. 늙음이 은총임을 그때는 알지 못했다. 살아가는 것이 아니라, 살아지는 것임을 그때는 알지 못했다.

84세의 생애에서 단 한 달을 편히 쉬어본 적 없이 '일'에 파묻혀 산 괴테는 말년에 창조주에게 '불멸성'을 권리로 요구했다. "생명이 다하는 마지막 순간까지 쉬지 않고 일했는데, 내 정신을 이승에 더 붙잡아 두지 못하는 자연은 다른 또 하나의 존재 양식을 나에게 지정해 줄 의무가 있다." 괴테가 믿었던 영생永生의 기저에는 바로 '일'이 있었다. 전혜린의 못다 한 삶이 이래저래 애석하고 애석하다.

홍혜랑 | 1994년 『한글문학』 등단

배달되지 않는 아프리카 햇빛을 다운받아 꽃을 심고
아침저녁 물을 준다

육중한 벽이 쑥쑥 자랐다

완벽한 구도가 될 수 없는
당신과 내가
매일
벽에서
깨어난다

– 이채민, 「지루한 지구」 중에서

3

벽

아파트의 벽

구명숙(이람)

취업의 벽보다 더 높아 보인다
지상의 별들인 양
불빛 찬란한 아파트의 밤

동과 동 사이에 돋아난
크고 작은 벽들이 빼곡하다

무너져 내린 산 절벽이 되고
마침내 물거품이 되듯이

코로나의 벽은 형체가 없다
서로 보지 못해 그리움이 용솟음치지만
마음과 마음의 벽은
자꾸만 더 넓어지고 단단해진다

벽에도 귀가 있다
금이 간 낡은 빌라의 벽 틈새로
아기 웃음소리가 들린다
순간, 하늘 별빛이 일제히 반짝인다

구명숙 | 1999년 『시문학』 등단

벽을 지우며

김규은

길은
벽 속에 있었다

면벽의 순수한 날들
모로 앉아 더듬어 보는
발바닥의 옹이
까치발 돋운 만큼 자란
벽이 만드는 그늘
뒤꿈치 다 닳아 가지런한 지금에야
수평이 맞아
길이 편하네
벽 속의 벽을 넘어서네.

김규은 | 1991년 『월간문학』 등단

그것은 벽

김선영

꿈을 꾼다는 것과 꿈을 이룬다는 뜻의
낱말의 뼈대를 두고 단어의 골격을
세우는 것에 대한 대화는 끊임없이 필요했어

책 속의 얘기들을 읽어 내는 일처럼
도전하는 세계에서 일기의 마지막 문장은
몸 안에 범람하고 있는 생각의 해피엔딩이었을까?

발목은 서로 세상을 이해하지 못했어
분란한 신발들은 이해해주길 원했어
모서리가 향한 곳에 거리 두고
벽을 괸 발끝의 각도를 빈틈없이 제압했어

일상의 무관심은 아무것도 흔들리지 않는 것처럼
가드레일의 상반신은 보이지 않는 벽이 있어
우린 그 벽을 넘어설 수 있을까?

뼛속에 깊이 파종된 수많은 씨앗들의 이름과 꿈들
바람의 두께로 통과할 수 있다고 믿는 것은
읽다 만 책들을 쌓아 올리는 일이라고
꽉 다문 낱말들의 일침

김선영 | 1962년 『현대문학』 등단

밖이 궁금해

김안나

사방팔방 벽이네

수많은 정보 갇히고 곁이 두어 해 넘으니 사람 내음이 간절히 그리워

요양원 계신 부모님께 내일 만나자 했는데 너무 긴 내일이 된 막막한 거짓말 묵묵히 믿고 있다가 나를 잊을 것 같은 조바심이 숨 조여

잊히고 있다는 것이 얼마나 슬픈 일인지 겪어보지 않은 사람은 책임 없이 기다리라 하고 틈을 빠져나온 산발한 울화는 벽이 벽을 낳고 있어

두껍게 막힌 입 움찔거릴 때마다 겁 없이 자라나 오래오래 사세요 편히 한번 모신다는 닳아버린 노래 구절을 흔들리고 있네

쓸쓸한 이별이 될까 두려운 생각을 자꾸 지워도 예고 없이 두드리는 그리움은 어쩌지 못하고 곧 갈 거라 위로하지만 시간이 그리 넉넉하지 않다는 것을 알아

오늘도 아무것도 할 수 없는 빈손, 그저 턱 괴고 하늘만 보고 있어

구름이 바람이 새가 부러워

김안나 | 2002년 『한국문인』 등단

시간이 사는 집

김영은

울음 베고 누우면 한낮에도 들리네
들숨 날숨 헐떡이며 박았던 못 흔들리는 소리
설레며 잠 설치던 못들이 우네

춤추던 푸른 바람 절룩이며 담을 넘고
감나무에 세 들어 살던 새들도 오지 않네
물방울처럼 살찐 시간들이 하늘로 오르던 집
무지개 눈빛 벽지마다 무늬로 남아 있네

갈라진 벽 틈새로 별빛 아직 비쳐들 때
누가 못을 쳐다오!
불꽃이 튀도록 망치로 두드려다오!
기둥에 문설주에 삐걱이는 문짝에도

찬바람 휘돌아 나가고 초침소리 돌부리 같은
시간이… 세월이 저 혼자 사네

김영은 | 1989년 『월간문학』 등단

빈방

나숙자

새벽은 왜 이리 멀까
백 살 가까운 엄마가
열로 타 버릴 것 같아
냉찜질로 밤을 헤매는데
쉽게 열리지 않는 아침
환장할 지경이다

코로나 시대의 현실
119도 어쩔 수 없어
길바닥에서 서너 시간을 주저앉았다
겨우 찾은 병원
응급실에서 중환자실로
온몸에 온갖 줄을 달고
끊길 듯 이어지는 목숨 줄
거친 숨이 중환자실에 둥둥 떠
시간을 타고 돈다
공. 공. 공
엄마의 평생이 지나간다

엄마 없는 빈방
밤새 뜬눈이다
엄마는
그늘막이고
바람벽이었다

나숙자 | 1992년 『문예사조』 등단

시인의 벽

박명숙

마음이 하늘입니다
둥둥 떠 있습니다
채워도 채워도 빈 곳간

시가 벽입니다.

박명숙 | 1994년 『문예사조』 등단

섬, 길, 벽

모자

박종욱

크고 화려한 모자冠 쓰기를 좋아한다
때로는 몇 개의 모자를 쓰기도 한다
눈을 가리고 귀를 덮고
목을 짓눌러도
더 큰 모자를 찾아 헤멘다
죽을 때까지 벗지 않으려 한다.

머리와 마음속의 모자冠를 벗으면
봄 여름이 보이고 가을 겨울이 들리리
작은 들꽃의 속삭임이 보이고
이름 모를 산새들의 이야기가 들리리
큰 모자만 벗으면…

박종욱 | 2006년 『한맥문학』 등단

벽으로 변하다

원사덕

다섯 살 꼬맹이는 엄마에게 어리광 부리는 친구를 볼 때마다 내 엄마는 서울에 있다고 묻지도 않는 대답을 했다 아침에 깨어 닭 모이를 줄 때면 어미닭의 구루룩 소리에 달려가는 병아리가 부러웠다 해 질 녘 엄마 등에 업혀가는 경자가 부러워 고무신 뒤꿈치가 닳도록 흙바닥을 비벼댔다 한 해에 두세 번 만나는 엄마는 예뻤고 늘 그리웠지만 초등학생이 되어도 엄마 얼굴을 그려내지 못했다 엄마가 오는 날은 하루 종일 버스정거장에서 기다렸다가 막상 도착시간이 되면 이틀 후 헤어질 때가 슬프고 두려워 시무룩해져 엄마에게 안겼다 엄마는 내 마음을 알까 아니면 모르는 척하는 걸까 난 어떤 경우에도 내 아이를 떼어놓지 않을 거라는 응어리 하나가 가슴을 쳤다 이 응어리는 아이들 키우며 출근하고 살림하고 지친 밤을 맞을 때 모두 녹아버렸다고 생각했다 엄격한 시부모 시동생 시누들 어린 자식들 뒷바라지하느라 시골 있는 큰딸 생각할 겨를이 어디 있었겠는가

노년이 되어 쇠약해지고 기억력이 없어지는 엄마, 얼마나 그리웠고 보고 싶었던 엄마인가, 엄마 부르며 달려가는 꿈을 밤마다 꾸고 혼자 깨어 울던 그때는 만나면 지극 정성으로 보살펴드리고 원하는 것은 무엇이든 다 해드리겠다고 다짐했다 매주 일요일은 엄마 뵈러 가는 날, 엄마 모시고 좋아하는 칼국수 집에 가려고 전화로 20분 전에 약속했는데 도착해 보니 점심식사를 하고 계신다 이 상황에 가슴 저리게 안타깝고 슬퍼져야 하는데 왜 속상하고 짜증이 날까, 같이 온 사위는 아무렇지도 않은데 웃지 못하는 나 자신이 밉다

아마도 어린 시절 쌓이고 쌓인, 보고 싶은 마음

참아야 하는 그리움이 벽이 되었나 보다

고욤나무 아래 함께 울어 주던 쓰르라미가 울음을 그쳤다

원사덕 | 2015년 『순수문학』 등단

벽

이오례

갑자기 혼자라고 느껴질 때 울컥 눈물이 덮쳐온다
마음과 마음 사이에 통로의 길이 보이지 않을 때 수심은 점점 깊어진다
옳아! 이제야 알겠다 벽은, 답답한 내 자신임을.

이오례 | 2004년 『시마을』 등단

벽

이정자

벽이 어디 있어?
안 보여? 난 훤히 볼 수 있는데
어디? 어디?
눈을 감고 봐. 보일 거야.
안 보이는데?
그럼 마음으로 봐. 찬찬히…
보여? 응 뭐가 보여.

그래? 그럼 살펴봐 하나하나
응. 보여. 사람과 사람 사이의 벽
무슨 벽이지?
투명 벽…
그렇지. 사람과 사람 사이의 벽
투명 벽……
심령술을 익혀봐? ……

이정자 | 1992년 『시조문학』 등단

지루한 지구

이채민

삼각형의 머리와 꼬리를 구분 못 하고
함부로 꼭짓점을 지우고
뼈가 굵은 비를 흠뻑 맞았다

촛불과 함께 사라진
청춘의 창문과 소품들이 많이 그리웠다

배달되지 않는 아프리카 햇빛을 다운받아 꽃을 심고
아침저녁 물을 준다

육중한 벽이 쑥쑥 자랐다

완벽한 구도가 될 수 없는
당신과 내가
매일
벽에서
깨어난다

이채민 | 2004년 『미네르바』 등단

섬, 길, 벽

ㅡ 벽

임보선

사방이 벽인데
삭신이 녹아도
부딪치는 벽뿐
기댈 벽 없다

터지도록 찢어지도록
온몸으로 허문 벽
문이 되었다

바람은 문으로
햇빛도 달빛도
초대해 자유로이 놀고 있다

아물고 아문 문신 같은 흉터
허공에 걸려있다.

임보선 | 1991년 『월간문학』 등단

_ 벽

장의순

부딪쳐야 새로운 길이 열린다
나는 수십 년을 흰 면 빨랫감은 반드시 삶았다
도톰한 면양말과 수건과 속옷까지 양은 찜통 한가득 삶아 두 번씩 세탁한 셈
이다
이제 힘이 벽에 부딪혀 그냥 햇볕에 여러 날을 말리니 새하얗게 바래진다
그간 그 많은 시간을 낭비하였다
햇빛이 해결하지 못한 일이 있었던가
내 푸르던 청춘도 햇빛이 하얗게 바래 먹었지
벽에 부딪힌 마지막 에너지가 밝혀낸 지혜가 내 손을 돕는다
괜스레 가루비누를 처넣어 이글거리는 불 위에 올려놓고 삶고 삶아서 고무줄
이 터지고, 끝내 바닷속까지 더 오염시킬 이유가 없었다는 것을 깨닫는다
아조 할 수 없는 날에 반동이다.

장의순 | 2002년 『시대문학』 등단

_ 벽

지연희

나는 너의 말을 알지 못하네
너의 그 달콤한 눈을 바라보지 못하지
너의 그 감미로운 시냇물 흐름을 듣지 못하는
태생적 슬픔
너는 하루 종일 아모르의 신화를 흔들고 있다지
(꽃이 될 수 있을까 싶어)
나는 장승처럼 서서 열리지 않는 북을 두드리고 있을 뿐
내가 네가 되는 길은 오직 닫힌
눈
귀
입
겹겹의 침묵이 묶어 놓은 단절의 무덤
쏴아— 새 울음의 열쇠로 낱낱이 부수는 일
간밤 내내 숨죽여 어둠의 터널을 뚫고 나온 햇살처럼
새 아침의 빛으로 탄생하는 일이지

지연희 | 1983년 『월간문학』 수필, 2003년 『시문학』 시 등단

벽에서 물 흐르는 소리가 났다

진 란

사하라에도 물 흐르는 길은 있다
보드라운 모래를 열고 은신하는 곳

열대 우림의 가슴 언저리부터 스며들던 빗물이 제 속으로 길을 내어 흐르다가 오아시스에 머물 때, 모래 폭풍의 적막과 별의 고요와 사막을 건너야 했던 뜨거운 이유를 생각해보는 것이다 쉼 없이 떠나오고 떠나가던 길 위에서 흔적 없이, 조급하게 스며들었던 건물의 지하에서, 회한과 단절의 벽이었던 이스라엘의 옹벽에서, 신기루의 마른 길이라도 물길은 흐르는 것이다. 사하라의 오아시스에 고속의 교차로가 만들어지듯 눈을 감으면 물은 어디로든지 소통의 길을 내는 것이다 저 길을 따라 짚어 가면 사막의 밤을 밀어낸 낙타의 얽힌 무릎 사이로 떠 있는 야윈 달이 보이고, 그 틈으로 지나가는 바람의 지혜와 여유와 멈춤과 비움을 듣는 것이다 구름, 나무, 풀, 돌, 새소리, 물소리, 춤추는 소리들

그대 심장 가까이 귀를 대고 누우면
오랜 그 물길을 거슬러 오르는 팔베개에서
네게로 돌아가는 목숨의 파닥임이 들린다

진 란 | 2002년 『주변인과 시』 등단

벽 꽃

채자경

벽의 입안에서 곪는 상처
저절로 빠져나오지 못하게
풀칠한 꽃샘추위를 벽지로 발랐다

묵묵부답인 그림자는 사방 연속
동서남북 달아나기에 바쁘다

좌우로 가로막은 방안에서
이리저리 부딪치며 선택한 것은
뛰어 천정에 오르는 일

우여곡절로 살아온 여자가
가시 같은 독설을 굴뚝 연기로 내뱉는다

첨벙거리는 습기 속에서
끝끝내 살아남아야 했던 세속 여자의 한

꼬리에 꼬리를 문 얼룩을 데리고
길들여지지 않는 얼룩말처럼
사방으로 뛰고 있다

채자경 | 2018년 『순수문학』 등단

침묵의 벽

홍금자

그녀의 여윈 말들이
지나는 시간 위에서
서서히 지쳐가고 있었다

침묵의 벽에 갇혀
일상의 욕망 조금씩 덜어내며
하루의 마디 끝 지점에 이른다

이것은 결코 내 탓이 아니다
네 탓도 아닌 누구의 탓도 아니다

음압 중앙처치실 앞에는
켜켜이 구겨 넣은
울음 고인 꽃들만
하얗게 쌓여가고 있었다

홍금자 | 1987년 『예술계』 등단

담쟁이 가계도家系圖

홍정숙

고속도로변 방음벽을 오체투지로 기어가는 담쟁이를 보았다
실핏줄이 드러나는 움푹 파인 손가락들이
절벽을 움켜쥐고
두근거리고 있었다

담쟁이는 기억하고 있을까,
공사장에서 뿌리 뽑혀
시멘트 바닥에 내던져진 후
벽을 더듬어 눈을 뜨던
첫날의 떨림을

실금 간 벽 속으로 짓무른 손톱을 디밀고
며칠 혼미한 잠에서 깨어났을 때
손톱마다 붉은 심장이 돋아
체온을 나누던 일도

함께 길을 밀고 당기고 붙이고 휘어지면서 연대감이 높아지고
바퀴들이 부려놓고 가는 광풍에 혼절하면서도
한 뜸 한 뜸 포복으로 살아남은 이유가
가계도가 될 줄을
담쟁이는 예감하고 있었을까

저, 푸른 촉수에서

무한 계보로 뻗어 나간 피의 소용돌이를 보아라
항렬 없는 배열로 치열하게 살아 낸 길들이
한 그루 캉캉나무처럼 바람 불고 있다
핏줄이 벽 한 채를 숨결로 어루만져 일가를 이루는 동안

담쟁이는 쓴다,
벽은 절망이 아니라 생의 화첩이다
순리대로 사는 푸른 연대의 본능이 불순한 욕망으로 어지러울 때
담쟁이는 가던 길을 멈춘다
붉게 물든 입술들 훨훨 벗어버리고 얼음의 시간 앞에 선다
먼 기억에서 출발한 떨림으로 모든 핏줄의 문이 열린다

홍정숙 | 1984년 『죽순』 등단

○

출구 없는 벽

김선주

언제 끝날지 모르는 코로나 펜데믹 사태가 전 세계를 휩쓸고 있다. 처음에는 놀라움과 두려움으로 우왕좌왕하다가, 백신의 출현으로 희망이 생기는가 싶더니 이제는 변이 바이러스의 출몰로 또다시 막막한 절망 속으로 빠져들고 있다.

학창 시절에 읽었던 프랑스의 소설가 사르트르가 쓴 「벽」이라는 단편소설이 문득 떠오른다. 인간이 절대 권력을 차지한 정복자에 의해 사방이 견고한 벽뿐인 감옥에 갇혀서 죽음만을 기다릴 때, 과연 어떤 일이 벌어지는 것일까? 아무리 죄가 없고 억울하다고 외쳐도 소용없을 때, 인간은 마침내 모든 저항을 포기하고 무력해지는 것이 아닐까? 사형수가 되어 벽 앞에 세워질 때, 간절히 원하는 것은 벽을 허물고 달아나서 영원히 자유로워지는 망상을 하는 것뿐이다. 그들은 벽이 절대로 무너지지 않는다는 것을 너무나 잘 알고 있지만, 엉뚱한 상상을 하며 잔인한 현실을 외면하려 한다. 사형이라는 절체절명 앞에서 주인공 이비에타가 한 일은 겨우 정복자들을 한껏 조롱하고 그들의 뜻대로 죽겠다는 것뿐이었다. 그는 반정부 주동자인 친구 그리스의 행방을 묻는 군인들에게 사실을 말하지 않고 거짓으로 묘지에 숨어있다고 말하고 나서 회심의 미소를 짓는다. 마지막으로 그들을 한껏 조롱하고 죽겠다는 자포자기인 것이다. 그가 죽음을 조용히 기다리고 있을 때, 어처구니없이 총살이 면제된다. 그리스가 놀랍게도 정말로 묘지로 가서 숨어 있었기 때문이었다.

나는 소설의 기막힌 반전을 읽으면서 '인생은 탄생과 죽음 사이의 선택이다'라는 사르트르의 말이 떠올랐다. 그리고 인간의 어쩔 수 없는 운명에 대해서 깊이 생각했던 것 같다.

사방이 모두 벽으로 쌓인 공간에 갇혀서 절대로 벗어날 수 없다면 나는 과연 어떤 행동을 할 것인가. 잔인한 운명이 기적적으로 사라지기만을 기도해야 할 것인가. 아니면 묵언 수행하며 보다 깊은 철학의 경지를 터득해야 하는 것인가? 아니면 나름대로 현란한 춤을 추는 피에로가 되어야 하는 것인가.

엄혹한 이 시대에 우리들 앞에 펼쳐진 출구 없는 견고한 벽을 허물고 탈출하는 길은 과연 어디에 있는 것인가?

인내와 순응과 은혜 앞에서 나의 존재는 한없이 작고, 겸손해질 뿐이다.

김선주(소설) | 1985년 『월간문학』 등단

○

영기의 용기

김선주

　　용기의 진짜 이름은 송영기이다. 그런데 이제는 영기라는 이름보다 용기라는 이름이 더 많이 쓰이고 있다.

　　지금 초등학교 2학년인 영기가 6살일 때였다.
　　"저 녀석이 저렇게 자라서야…."
　　영기는 아빠의 그 말이 듣기 싫었다.

　　그때 겨울 어느 날, 저녁을 먹고 나니 바람이 몹시 불어왔다. 덜커덩덜커덩, 윙윙.
　　영기는 겁이 났다.
　　"엄마, 오늘 밤 나 여기서 자면 안 될까?"
　　"왜 무섭니?"
　　영기는 또 아빠 눈치를 본다. 아니나 다를까? 아빠가 한마디 한다.
　　"용기 없는 녀석."
　　아빠 말에 영기는 화가 나 그만 제 방으로 건너갔다.
　　텅 빈 방, 바람 소리, 개 짖는 소리, 차 소리까지. 거기다가 조금 더 있으니까 이번에는 화장실까지 가고 싶었다.
　　'안 돼. 참아야지.'
　　어느 때쯤 되었을까. 이상한 예감이 들어 일어났더니 아랫도리가 축축하고 요가 오줌으로 엉망이 되어 있었다.
　　'아이고 이를 어쩐담.'

영기는 엄마 꾸중보다 아빠 볼 면목이 없어졌다.

'그래, 그래도 용기를 내야지.'

영기는 안방을 향해 씩씩하게 걸어가 방문을 활짝 열었다. 엄마가 놀라 일어났다.

"왜 어디가 아프니?"

영기는 말이 없다. 엄마가 한참 살피더니 새 내의를 꺼내어 주며 엉덩이를 한 대 친다.

"애기도 아닌 게 이게 무슨 짓이야."

그때까지 눈을 지그시 감고 있던 아빠가 영기 손을 잡더니 품에 꼭 안는다. 아빠의 품은 무척 따뜻했다.

"됐다, 됐어. 그까짓 오줌 한 번 싼 것."

영기는 기어이 눈물을 흘리고 만다.

그때다. 깜깜한 영기의 눈앞에 끝없이 넓은 길이 뻗어 나가고 있었다.

'그래, 이 길은 나의 길이야. 송영기, 아니 송용기의 길.'

헤헤헤, 헤헤헤.

김선주(아동) | 1968년 『대구매일』 등단

○

유리 벽

박명순

　　창 앞에 섰다. 커다란 유리문으로 움직이는 세상을 바라본다. 맑은 유리가 끝에서 끝으로 이어지며 밖의 세계를 보여주고 있다. 창밖은 온통 흰색뿐이다. 눈 덮인 샛강과 하얀 들판, 얼음 사이로 흐르는 물이 정겨움을 준다. 자전거 바퀴 자국이 길게 이어져 있다. 주인 없는 발자국들이 깊은 흔적을 남기며 길을 따라 걸어가고 있다.

　　유리 벽, 투명한 몸으로 세상과의 인연을 이어주며 안과 밖의 공간을 만들어 주고 차단된 삶을 관조케 하는 신비스러운 존재다. 안과 밖에 있는 모든 물체의 생명을 생각해 본다. 안에 머무는 물체들은 숨을 죽인 채 그저 보고 있을 뿐이다. 제각기 다른 모습으로 물끄러미 나를 응시하고 있다. 유리 밖의 도시가 손짓한다. 구름 사이로 햇살이 내려오고 있다. 아파트의 창들도 모두 밖을 바라보고 있다. 차들은 눈 쌓인 도로에서 마치 경주를 하듯 차선을 벗어나 달린다. 작은 장난감 차들을 보듯 순간 손으로 집어내고 싶은 충동을 느낀다. 창 안에선 어떤 움직임도 작은 소리도 들리지 않는다.

　　나는 유리 벽을 두고 창밖과 창안의 중간에 서 있다. 유리에 두 손을 펴고 있으니 흡사 책갈피에 끼워진 식물채집처럼 밀착되어 있다. 현기증이 나고 답답하다. 착시현상일까. 다리 위의 차들이 내게로 달려오고 있다. 사람과 사람 사이에서도 유리 벽을 만난다. 마주 보면서도 보이지 않아 번민하는 벽이 항상 존재한다.

　　투명한 벽 앞에서 소리쳐본다. 알 수 없는 말들이 마구 쏟아져 나왔다. 그것은 때때로 바닷물처럼 밀려오던 상념들일 것이다. 속이 메스껍다. 울컥울컥 치밀어오는 내면의 찌꺼기를 토해내고 싶어졌다. 한순간 연극이 끝났다. 활짝

편 손자국이 지문처럼 그곳에 남아 있었다. 밖에서 보면 팬터마임을 하는 모노드라마의 배우처럼 보였을 것이다. 우리는 항상 유리 벽 속에 갇혀서 산다. 모든 것을 바라보지만 생각과 영혼을 볼 수 없는 형이하학적인 세계에서 울분을 토하며 그렇게 살아가고 있다.

박명순 | 1995년 『수필과비평』 등단

독한 이별

박미경

우리 동네의 대로를 지나 골목으로 접어들 때면 예외 없이 나의 시선은 담쟁이 벽돌집에 머물렀다. '잎 수천 개를 이끌고 결국 그 벽을 넘는' 도종환 시인의 「담쟁이」를 떠올리기도 하고, 사춘기 소녀처럼 오·헨리의 「마지막 잎새」를 상상하기도 했다.

창문과 현관문을 제외한 3층 벽돌 주택이 온통 담쟁이로 덮인 풍경은 유럽의 오래된 성 같은 운치를 자아냈다. 봄여름에는 싱싱한 초록 잎이 찬란히도 빛났고 단풍으로 물든 담쟁이 잎이 현란하게 타오르는 계절이면 그 집안의 누군가에게 편지라도 쓰고픈 심정이 되었다. 고독하게 떨어진 잎 사이로 실핏줄처럼 얽힌 겨울 담쟁이 줄기들의 생명력을 보며 위로와 감탄으로 그렇게 십수 년의 세월을 보냈다.

어느 날 갑자기 담쟁이 잎들이 귀신처럼 흔적 없이 사라졌다. 단 하나의 이파리도, 줄기도, 뿌리도 남김없이 제거되고 맨몸으로 우두커니 서 있는 벽돌집을 바라보던 순간의 참담함이라니…. 알 수 없는 분노와 모욕감, 무언가 억울하기까지 한 감정들 때문에 눈물을 삐질거렸다. 허전하고 우울했다. 마음을 다스리느라 그 길을 애써 외면하고 다녔다.

초여름이면 내 마음을 들뜨게 하던 또 하나의 집이 있다. 5층 빌라의 벽면을 타고 옥상까지 타고 올라가던 능소화는 완벽한 한 편의 벽화였다. 슈퍼마켓을 갈 때마다 주황빛 등을 달고 올라가는 화려한 꽃 벽화를 보기 위해 돌아가는 길 또한 얼마나 행복했던가. 마치 동화 「잭과 콩나무」처럼 한없이 하늘을 향해 올라가는 능소화를 바라볼 때면 황홀감이 서럽도록 차올랐다. 꽃들과의 교감을 즐기던 그 빌라의 능소화마저도 하루아침에 말끔히 사라져 버린 날, 발 뻗고 울고 싶던 상실감은 아직도 쓸쓸한 기억으로 남아있다.

들기로 담쟁이나 능소화의 넝쿨이 너무 강해 건물의 수명을 단축시킬 위험성이 있다고 했다. 또한 담쟁이 벽돌집에 살던 주인이 중병에 걸리자 담쟁이에 숨이 막힌다며 제거해 버렸단다. 벽에 기대어 올라가던 담쟁이나 능소화의 넝쿨이 가장 화려하게 빛날 때 그것은 벽의 자랑이었다. 그러나 끝내 벽을 균열시키는 생명력이라니, 그 질긴 사랑이라니… 단칼에 베어버린 인연, 독한 이별이 서럽다.

박미경 | 1993년 『월간문학』 등단

시간의 벽

사공정숙

사람들의 입맛이 많이 달라졌다. 푸짐하고 기름진 음식보다 담백한 먹거리를 선호한다. 건강에 대한 관심이 예전의 상식을 많이 바꾸어 놓았다. 시래기도 그렇다. 쓰레기처럼 흔하던 무청 시래기가 이젠 건강식품으로 제대로 대접을 받는다. 나도 음력 보름 전후가 되면 곧잘 시래기로 나물을 만들어 먹는다.

시래기나물은 손이 제법 가는 음식이다. 말하자면 슬로우 푸드이다. 한 번 데쳐서 말린 시래기도 물에 불려야 한다. 그런 다음 또 한참을 삶는다. 열을 가해 오래 푹푹 삶아야 하는 것이다. 그렇게 삶고도 억센 껍질은 벗겨내야 부드러운 시래기나물을 맛있게 먹을 수 있다.

사람도 마찬가지 아닐까. 일상의 삶 속에서 열을 받고 푹푹 삶기면서 제대로 철이 들고 원숙해지고 지혜로워진다. 살아가면서 자식 때문에, 남편과 아내 때문에 속을 끓이고 애간장을 녹이고 타인과의 사이에서 말 못 할 스트레스를 받는다. 이를 해결해 나가기 위해 자신을 돌아보고, 때론 굽히고 낮추면서, 때론 극한의 인내 속에서 담금질을 하는 것이다. 서로의 벽, 나의 벽을 허무는 과정에서 더 나은 사람이 되는 것이리라. 시래기가 삶기듯 온갖 신산스러운 삶의 냄새를 풍겨가면서도 끈질기게 살아내야 한다는 것을 부엌에서 배운다. 시래기가 나에게 주는 따뜻한 위로이다.

시래기나물은 하잘것없는 무의 잎도 시간의 공력에 따라 이렇듯 건강식품이 될 수 있다는 사실을 보여준다. 무청이 잘려서 끓는 물에 데쳐지고 바람벽에 매달려 긴 시간 몸을 말리는 간과하기 어려운 과정이 있다. 내 몸의 수분을 모두 내어놓는 그 보시의 공덕이라니! 상상력을 보태면, 저 하늘의 구름 조각

하나도 무청이 시래기로 바뀌면서 증발한 눈물 방울의 결집이 아닐까 싶다.

그렇다. 생활이 힘들고 팍팍할 때마다 시래기를 생각하자. 힘이 들수록, 열받는 일이 많아질수록 나는 누군가에게 도움이 되는 사람, 쓰임새가 있는 사람으로 만들어지는 과정이라고 생각하면 어떨까. 모든 일에는 시간이 필요하다고 믿고 기다리다 보면 내 안에서 솟아나는 에너지를 목격할 수 있을지 모른다. 시래기나물이 풋나물과 달리 물러져야 비로소 부드러운 식감과 감칠맛으로 다가오던 것을 기억하며 신산스러운 시간을 건너보는 것이다. 내 앞에 펼쳐진 가시밭길도 시래기나물처럼 건강한 먹거리가 되기 위해 겪어야 하는 하나의 과정일 뿐이다. 겁먹지 말고 가벼운 걸음으로 한 걸음씩 걷고 또 걸어갈 일이다.

사공정숙 | 1998년 『예술계』 등단

○

반석 위의 벽?

서용좌

　　오늘 36도의 바깥 온도는 신기한 숫자이다. 체온이라서다. 이 여름 폭염 속 모든 것은 태양열에 녹아내린다. 인간은 에어컨으로 무장했노라고 자만한다면 큰 오산이다. 오늘 순간전력 수급이 원활하지 못하다면, 더위와 벽을 쌓고 냉방으로 도피할 수 있는 능력은 무용지물이 되고 만다. 우리를 열기에서 지켜줄 벽은 반석이 아닌 전기 위에 세워져 있다.

　　버스정류장이 있는 곳, 버스는 정차하고 한 겹 비닐 포장 뒤에서 철거 중이던 5층 건물의 벽은 버스를 덮친다. 굵은 플라타너스가 서 있던 아래는 플라타너스가 살려내지만, 누가 플라타너스 아래 멈출지는 하늘이 정하는가. 꿈을 아느냐 네게 물으면,/ 플라타너스 ……/ 수고로운 우리의 길이 다하는 어느 날/ 플라타너스/ 너를 맞아줄 검은 흙이 먼 곳에 따로 있느냐? ―더러는 시를 외우고 있음을, 플라타너스, 너는 알더냐.

　　한탄의 눈물이 마르기도 전에 멀리 플로리다 해변의 풍광 좋은 12층 아파트가 순식간에 무너져 내린다. 인간에게 안전한 벽이란 정말이지 없는가 보다. "건물이 상당 부분이 무너졌어요. 싱크홀로 빨려 들어갔어요." 911 구조대에 그 순간 걸려온 SOS 신호들! 한순간에 함께 레테의 강을 건넌 사람들은 안전을 위해 자발적으로 갇혔던 벽의 배신에 스러진 것이리라.

　　문명사회 속 인간에게 안전한 피난처가 되어줄 벽은 온전하지 못하다. 견고한 반석이라고 믿었던 문명은 '조건'하에서만 가능하기 때문이다. 타지마할의, 가우디의 아름다움이 영원하리라 믿어도 될까. 반석 위에 주춧돌을 놓고 벽을 쌓아야 한다고 배우지만, 인생에서 반석은 대체 무엇일까. 하물며 마음의 피난처가 되어줄 벽은 있기나 한 것일까.

서용좌 | 2002년 『소설시대』 등단

○

태정 언니

서정자

행사를 마치고 상경하기 전에 태정 언니를 만나보고 갈까 망설였다. 타샤 할머니처럼 무안의 바다가 보이는 언덕에 꽃 대궐을 만들어놓은 언니의 정원도 보고 싶었지만 그냥 언니를 만나고 싶었다. 1960년, 여고 졸업반이 되어 교지 편집을 맡은 나는 선배들이 만든 교지를 참고삼아 뒤져보고 있었는데 그중 한 호에 태정 언니의 희곡 작품이 실려있었다. 읽고 크게 감동해 가까운 선후배 사이도 아니면서 나는 늘 언니의 문학 활동을 지켜보았다. 언니는 『신동아』 넌픽션 공모에 당선하여 작가가 되었다. 나는 이 업적을 대단히 높이 평가하고 언니의 문학세계를 정리하고 싶었다. 언니는 넌픽션 작가로 유명해졌으나 일종의 필화사건으로 글쓰기를 그만두어 몹시 아쉽게 생각한다. 검색하여 언니가 중학교 때 「쐐기의 일기」라는 작문으로 매일신문에 입상한 것을 언니에게 알렸더니 무척 기뻐했다. 교류는 없었지만 언니의 동생은 작은오빠의 동기이고 해서 서로가 소식은 알고 지내는 폭이었다.

내가 지난여름 고향의 모교를 찾았던 건 언니의 고교 시절 쓴 희곡을 다시 읽어보고 싶어서였다. 모교에는 옛날 교지가 없었다. 목포의 도서관은 전쟁의 피해가 막심하여 옛 자료가 거의 없다. 아쉬움을 전화로 나누었는데, 뵙고 이야기도 나누고 그랬으면 했으나 컨디션이 시원치 않아 그냥 상경하고 말았다. 카톡으로 못 뵙고 갑니다, 했더니 목포박람회 소식을 알았더라면 가볼 걸 그랬다고 하신다. 다시 한번 책을 보관하지 못한 모교가 원망스럽게 떠올랐다. 일본의 경우는 일제 강점기 우리나라 일본 유학생들이 남긴 자료를 백 년이 넘도록 깨끗이 보관했다가 보여주어 나혜석 새 자료를 찾기도 했는데! 우리는 언제 그렇게 될까.

서정자 | 1988년 『현대문학』, 『소설과 사상』, 『문학정신』 평론 등단

○

혀의 칼날

이선우

한번 뱉은 말은 주워 담을 수 없다는 말이 있다. 무심중에 건넨 인사가 열흘 간의 여행을 망쳐버렸다.

우리 일행이 아우크스부르크 숙소에 도착한 건 오밤중이었다. 사건은 이튿날 아침, 호텔 식당에서 벌어졌다. 모닝콜을 받고 시간에 맞춰 식당으로 내려갔다. 앞으로 13박 14일을 함께 여행할 사람들과 첫 번째로 다 함께 하는 식사였다. 일행들은 서로에 대하여 이쪽 팀은 호감, 저쪽 팀은 비호감 등 나름대로 탐색전을 벌이는 첫 자리인 셈이었다.

동생과 내가 먼저 자리를 잡은 탁자에 두 여인이 우리 탁자 맞은편에 자리를 잡았다. 그들이 우리와 같은 탁자에 앉은 것은 일종의 호감 표시였을 것이다. 붙임성이 없는 나였지만 그들에게 친밀감을 표시해야겠다는 생각에 한마디 던진 것이 여행 내내 화근이 될 줄은 정말 몰랐다.

"두 분이 자매세요? 모녀지간이세요?"

"아니에요. 친구예요."라면서 젊어 보이는 여인이 깔깔깔 웃어댔다. 모녀지간이냐는 말은 하지 말았어야 했다. 또 다른 여인이 눈썹을 파르르 떨더니 벌떡 자리에서 일어나 음식을 가지러 갔다. 아, 이 일은 어쩐담. 공연한 말을 해서…. 나는 안절부절못했다. 이번 여행이 순탄치 않을 것 같은 예감이 들었다. 얼마 후 음식을 가지고 온 그녀는 여전히 안색이 좋지 않았고 내게 노골적으로 적의까지 나타냈다. 말없이 음식만을 들던 그녀가 불쑥 한마디 나에게 던졌다.

"두 분은 자매세요?"

"네~."

"동생이 언니보다 훨~씬 예쁘네요."

그러는 그녀의 입술과 목소리가 떨렸다.

"제가 눈이 워낙 나빠요. 자세히 보니 비슷한 나이이신데, 미안했어요."

내가 그녀에게 사과했다.

"동생이 언니보다 훨씬 더 이쁘네요."라고 다시 한번 반복하였는데 그 '훨씬'을 앞에서보다 더 강하고 길게 발음하는 게 아닌가.

"우리 언니가 시력이 좀 안 좋아요."라면서 내 동생이 나를 변명해줬다. 그러는 내 동생 역시 기분이 매우 좋은 듯했다.

"그럼요, 제 동생이 무지 이뻐요?"라고 대답을 했다.

그녀가 나에게 회심의 복수의 칼을 날린 것임을 알겠는데, 그녀가 말한 어감만큼 내 동생이 나보다 훨~~~씬 예쁜 건 아니다. 나 역시 그녀가 혀로 내려치는 복수의 칼날이 매우 아팠고, 동생마저 얄미워졌으니 이번 여행은 설화로 인하여 내내 우울했다.

이선우 | 1994년 『수필문학』 등단

ㅇ

벽

이홍수

가을을 재촉하는 비가 소리 없이 내렸다. 한층 맑아진 하늘은 점점 높아지고 빛이 바랜 나뭇잎들이 하나둘 길 위에 내려앉는다. 성큼 다가온 가을을 맞이할 마음의 여유도 없이 맞닥뜨린 크고 작은 벽들이 사방에서 발목을 잡고 있다. 벽은 우리들의 삶에 예고 없이 찾아와 어려움과 단절을 가져다주는 두려움의 대상이다.

온종일 집안에 갇혀 지내다 저녁 시간이면 지인들과 집 근처 산책로를 오르내리며 걷기를 하고 있다. 답답한 가슴을 펴고 숲길을 걸어 언덕에 올라서면 탁 트인 넓은 하늘이 한층 가까이 보인다. 여기저기 쉴 새 없이 흩어지고 모이는 솜털 같은 뭉게구름의 묘기가 눈길을 사로잡는다. 잠깐 시선을 돌리면 해 질 녘 붉게 물든 저녁노을을 감상할 수 있는 하루 중 가장 기다려지는 시간이다. 내려오는 길목 공원에는 이제 갓 돌을 지났을 것 같은 또래 아기들이 마스크를 쓰고 뒤뚱거리며 엄마와 산책을 나왔다. 영문도 모른 채 답답한 마스크를 쓴 아기들을 마주하는 순간 오늘의 상황을 제공한 한 사람으로 한없이 부끄럽고 미안한 마음이 들었다. 세상에 태어나 제대로 걷지도 못하는 날부터 가장 소중한 공기를 마음껏 마실 수 없는 장벽을 만난 안쓰러움에 마음이 무거웠다.

마리아 잔페라리가 지은 『나무가 되자!』라는 책을 읽었다. 사람이 공동체를 이루고 살아가듯이 나무도 숲을 이룬다. 어릴 적 나무를 잘 타는 소녀였다는 저자의 관찰력과 경험을 토대로 쓴 글을 읽을수록 공감되는 부분이 많았다. 땅 위에서 나무는 제각각 서 있는 듯 보이지만 땅 밑의 뿌리는 그물처럼 서로 얽혀있다. 나무는 뿌리를 통해 다른 나무와 소통하고 양분이 부족한 나무에 자신의 것을 나누며 위험이 닥치면 서로서로 알려준다. 서로를 지키고 보살피며 함께할 때 더 강해진다는 걸 나무는 알고 있다. 말 없는 나무의 배려와 신비한 공존에 깨닫는 점이 많았다. 요즘은 보기 드문 어려운 시기로 나날이 예기치 않은 새로운 문제가 발생하는 복잡한 시대다. 사람들도 나무처럼 서로서로 버팀목이 되는 굳건한 공동체로 비대면의 암담한 벽을 하루빨리 통과할 수 있기를 바란다.

시시때때로 우리에게 닥치는 수많은 장애를 피하기보다 더 가까이 다가가 알아가고 느끼며 헤쳐나가는 과정이 우리들의 삶이다. 굳게 닫힌 벽 앞에 주저앉기보다 용기 있게 뛰어넘으면 새로운 문이 열린다. 희망을 품고 힘을 모아 벽을 넘는 고통을 함께 인내하여 모두가 새롭게 태어나는 기쁨을 맛볼 수 있었으면 좋겠다.

이흥수 | 2014년 계간 『문파』 등단

고향 마을 담벼락

최균희

　　　　내 어린 시절 고향 마을에는 집과 집 사이를 막는 벽이 수수깡을 엮어 길게 늘어서 세워놓은 울타리였다. 그곳은 일정한 간격으로 중간에 나무 막대를 세워 바람에 넘어지지 않게 해놓았지만, 아래쪽에는 개구멍도 있고, 아이들이 쉽게 드나드는 쪽문과도 같은 커다란 틈새도 있었다.

　어른들은 그러한 구멍이 있다는 걸 알면서도 막지 않았다. 나는 울타리 틈새로 기어 들어가 옆집의 빨간 앵두를 치맛자락에 한가득 따오고, 옆집 석이는 우리 감나무 가지를 저희 쪽으로 잡아당겨 잘 익은 감만 따 먹었다. 그 낮은 울타리 너머로 엄마들은 음식을 건네주며 정을 나누고, 아빠들은 들에 나갈 때 서로에게 손을 흔들어 신호를 보내기도 했다. 이웃사촌이란 말이 그냥 생긴 게 아니었다.

　반면에 서울의 아파트 생활에서는 대문을 마주 보고 사는 사람들까지도 통성명이 없어지고, 현관문만 닫으면 옆집에서 무슨 일이 일어나는지 알 수가 없고, 한 치의 관심을 가질 필요조차 느끼지 못한다.

　그 분위기가 확산하였는지 시골마저도 언제부터인가 나무 울타리와 토담이 사라지고, 벽돌로 쌓은 높은 담벼락이 이웃을 갈라놓기 시작했다. 고향에 가면 아는 사람들보다는 낯선 사람들이 많아 서먹한데 담벼락까지 높아져 이웃들과 인사조차 할 수 없다는 게 무척 안타깝기 짝이 없었다.

　그런데 최근에는 내 생각이 틀렸다는 걸 알았다. 시골에는 노인들만 남고 어린아이들이 없어서 담벼락에 낙서도 사라진지 오래라고 여겼는데, 그게 아니었다. 요즈음 고향 마을 담벼락에는 그 옛날 마을에 찾아오던 엿장수나 뻥튀기 아저씨가 모습을 드러내고, 사금파리 그릇에 모래와 들풀로 밥과 반찬을 담아내던 소꿉놀이 모습까지 멋들어지게 그려져 있다. 아예 너와 나의 벽을 없애고 두 집 마당 전체를 꽃밭으로 가꾼 곳도 간간이 눈에 띄었다. 그들은 아름다운 풍경화와 사라져가는 민화들을 담벼락에 색색으로 그려 넣으며 정답게 삶의 터전을 가꾸고 있었다.

고향 마을은 여전히 현대문명을 받아들이면서도 서로에게 도움을 주고 품앗이를 하면서 오순도순 평화롭게 살아간다. 도시에서는 볼 수 없는 인정과 사랑이 감돌기에 내 마음은 항상 고향을 향해 달려가나 보다.

최균희 | 1975년 『조선일보』 등단

◯

마스크 벽

최양자

해를 두 번이나 넘기며 내 입과 외부와는 마스크 벽이 쳐있다. 이 건 말을 하지 말라는 것. 호탕하게 웃지도 말아야 한다. 입의 기능은 먹고 말 하는 것이 가장 기본이 아닐까 싶지만 마스크 벽으로 말문을 막으니 생각을 목을 통해 소리로 표현할 수 없지 않은가. 소통이 잘 될 리 없다. 친구들을 못 만나 알게 모르게 너와 나 사이 마음의 벽이 생겼다. 눈에서 멀면 마음도 멀어 진다는 건 진실이다. 소통이 있기나 했나 싶게 칩거생활이다. 자유로우면서도 자유롭지 않은 요즘. 활동에 제한이 거미줄처럼 쳐졌다. 잠시 음식물 쓰레기 를 버리러 나갈 때도 쓰레기봉투보다 먼저 마스크를 찾는다. 산책길에서 마 주보며 걸어오던 사람. 마스크를 벗고 오다가 사람이 보이면 얼른 쓴다. 마스 크 속에서 나는 쓴웃음을 짓는다. 그 사람은 예방접종을 두 번 다 했을까. 나 도 마스크 벽을 떼 내고 싶지만 참는다. 서로를 위해서.

푹푹 찌는 삼복더위에 가족 친지와 함께 시원한 냉면 한 그릇 나누는 것도 언감생심이다. 냉면값이 있어 행복한데 친구와 함께 먹으면 더 행복해야 하 는데 그게 막히니 행복이 우울로 변한다. 이런 것이 '이스털린 패러독스'인가. 웃프다.

웃으면 복이 오고 웃고 싶지 않아도 웃어야 하는데. 마스크 벽 속에서 즐거 운 듯 활짝 웃어 본다. 엉뚱하게 눈가에 주름이 잡힌다. 더 시간이 흐르면 모 두 주름투성이 인간들로 변하는 게 아닐까. 일본에서는 노쇠를 측정하는 지 표에 '일주일에 몇 번 남과 어울립니까?'라는 질문이 꼭 들어있다고 한다. 그 러니 방역수칙은 지키면서 어떻게든 어울리고 자주 보란다. 그래야 안 늙는 다고 (의학전문기자. 김철중) 다만 주름 때문만이 아니다. 머릿속 삶이 구름 위로

나르다가 때로는 바다 밑으로 헤매게 될까 싶어서다.

거울 속에 비친 내 얼굴. 마스크 벽 때문에 내가 누군지도 잘 모르겠다.

얼마 전 수서에서 친구와 점심 먹기로 했다. 식사하며 서로 반찬을 밀어주고 먹어보라는 눈짓 몸짓을 했다. 카페에서 커피를 마실 때는 더 황당했다. 커피 한 모금 마시고 마스크 쓰고. 잠시 후 또 한 모금 마신다. 커피 맛도 모르겠고 향은 더더구나 맡을 수가 없으니. 단둘이 앉아 무슨 팬터마임을 한다. 마스크 쓰고 말을 하는데 소리가 제대로 나오지 않았다. 내 귀가 힘들어하고 친구도 그런 것 같았다. 그날은 맥이 빠지고 친구와 만난 것은 어색하고 뻘쭘했다. 그 친구와는 가끔씩 만나도 늘 옆에 있는 것처럼 일상을 훤하게 알 수 있었는데. 이야기가 푸짐했을 텐데 연결이 잘 되지 않으니. 고장 난 라디오 소리였다. 입에 쓴 마스크 벽은 시멘트벽보다 더 두텁고 단단했다. 어눌하게 들리는 말은 귀로 들어와 알아듣고 이해하기까지 얼마나 먼지 마주 앉아 있어도 천리만리 서로 딴청이다.

그래도 그녀의 맑은 눈빛을 떠올리며 마스크 벽이 걷히는 그날까지 건강하게 빨리 만나기를 빌 뿐이다. 자주 만나 어울려야 늙지 않는 약을 먹지 않을는지.

최양자 | 2012년 「한국수필」 등단

벽의 아늑한 온기

최자영

내 삶에서 모든 벽이 사라진다면 어떻게 될까 하는 상상을 해본다. 내가 기댈 수도 보호받을 수도 없는 허허벌판에 알몸이 돼버린 듯한 수치와 당혹감으로 나를 감출 만한 곳을 찾아 어쩔 줄 모를 것이다.

그래서 인간이 살아가는 데 가장 필요한 세 가지 의식주에서 벽은 우리를 아늑하게 보호해주는 집, 주(住)에 속해 있다고 본다. 아침저녁 식사하는 모습을 가족 아닌 다른 사람들이 지나면서 흘끔흘끔 본다든지, 졸려서 자야 할 시간에, 아무도 안 보는 데서 실컷 울고 싶을 때 등등…. 우리를 보호해주고 가려줄 수 있는 벽의 고마움을 모르고 산다.

지난 2, 3년 사이에 병원에 입원할 일이 여러 번 생겨 환우(患友)들과 지내야 하는 일이 있었다. 가족들이 조금 편하게 드나들게 하려고 1인실을 원했으나 코로나19가 만연하여 그 환자들 격리 입원이 불가피하여 1, 2인실은 아예 없다고 했다. 하는 수 없어 병원에서 권하는 24시간 간호 통합 병동 6인실에 들기로 했다. 보호자가 하루에 딱 1시간만 면회하게 되어 있어서 병실이 조용하고 깨끗했다.

무엇보다 보호자들이 환자들과 함께 식사를 하지 않아 냉장고에 반찬을 넣지 않아 과일과 음료수만 들어있어 신선해서 좋았다.

그러나 여섯 명이라는 숫자가 적은 것은 아니어서 일일이 상대하기는 부담스러울 때가 있었다. 그럴 때 고마운 것이 침상을 둘러쳐 있는 커튼이었다. 들리는 소리는 막지 못하지만 완전 내 영역으로 들어선 자는 방해를 받지 않는다. 일정한 시각에 혈당과 혈압을 재러 부드러운 헝겊을 확 젖히고 들어오는 간호사 외에 아무도 무단 침입 하지 못한다.

하늘하늘 얇은 헝겊 가림막이 벽의 역할을 톡톡히 해준 것에 고마움은 느끼지 않을 수 없었다.

최자영 | 1985년 『소년월간』 등단

벽

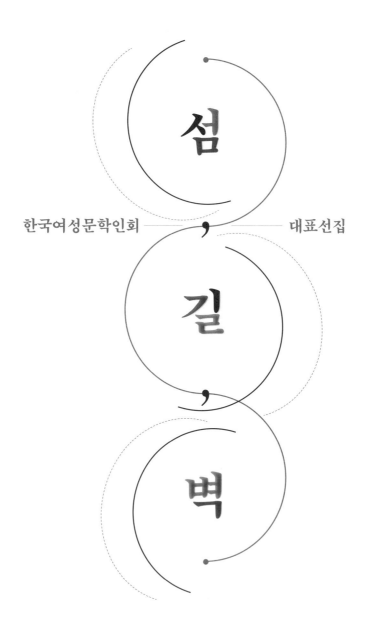

섬, 길, 벽

한국여성문학인회 ——— 대표선집